にわか名探偵

ワトソン力《りょく》

大山誠一郎

光文社

にわか名探偵　ワトソン力《りょく》

contents

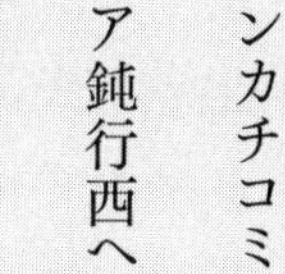

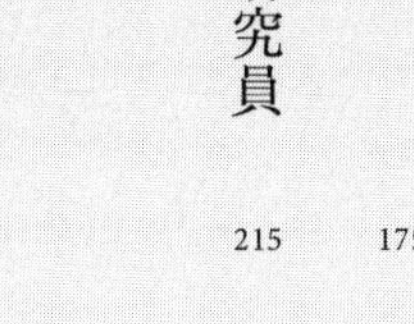

装幀　bookwall

カバー・本文イラスト　杉田比呂美

第一話

屍人たちへの挽歌

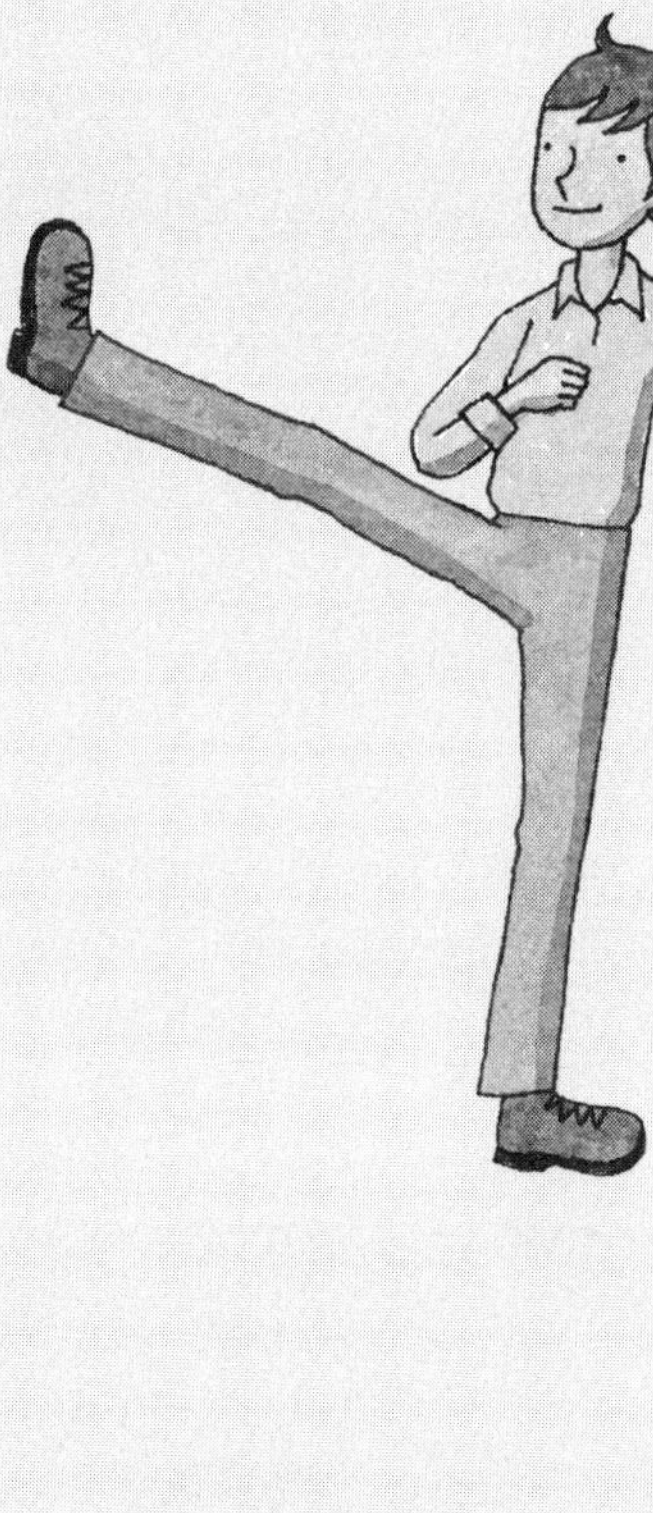

1

ショッピングモール中を徘徊《はいかい》する生ける死者たち。その目をかいくぐって恋人たちは逃げる。つい数時間前までショッピングを楽しんでいた空間は、今や地獄と化している。

恋人たちはやがて、無人のシネマコンプレックスにたどり着く。スクリーンの一つに入り、両開きドアを閉める。このままではゾンビが入ってくるかもしれない。男は武器として手にしていたモップの棒を、左右のドアそれぞれの取っ手に通し、ドアが廊下側から開けられないようにする。

恋人たちは通路を通って客席に向かう。そこには誰もいない。スクリーンには、リバイバル上映の古いフランス映画が映っている。映画を観《み》ていこうか、と男は女に囁《ささや》く。この映画、観ようって言ってたじゃないか。二人は寄り添って客席に座る。

女の方はすでに嚙《か》まれており、やがて眠るようにして息を引き取る。男は彼女の手を握りしめているが、不意にはっとする。冷たくなった彼女の手が動いたのだ。

男ははじかれたように立ち上がり、あとずさる。女はぎこちない動きで男に近づこうとする。彼女はなぜ、男が逃げようとするのかわからない。自分がゾンビとして甦《よみがえ》ったことがわからない。

通路を走って出入口へと逃げる男。しかしドアは、モップの棒によって開かなくしてある。男は棒を抜こうとするが、焦りと恐怖で手が震えて抜くことができない。必死で棒を抜き取ろうとする男の肩に、女が血まみれの手をかける。

あなた、という虚《うつ》ろな声。直後に響く、男の絶叫――。

＊

一月二十五日、和戸宋志《わとそうじ》は片瀬《かたせ》つぐみとゾンビ映画を観に行くことになった。

発端は、その五日前の夜、和戸がある人物に屋敷の地下室に監禁されたことだった。犯人は、和戸の持つ特殊能力を利用しようと目論《もくろ》んでいた。現職の警視庁捜査員が監禁されるという事件の重大性に鑑み、警視総監は警備部所属の特殊部隊ＳＡＴを投入、その活躍で和戸は解放された。和戸は監禁中も食料と水を与えられており、健康に問題はなかったが、念のため入院することになった。

解放の翌日、つぐみが和戸を見舞った。彼女は和戸を解放したＳＡＴ隊員の一人で、その一年ほど前、雪のペンションで起きた二重射殺事件で和戸と知り合ったのだ。和戸はつぐみの口から、和戸が監禁されていることに気づいたのは彼女であること、彼女は和戸が特殊能力の持ち主であると知っていることを聞いた。

その特殊能力を、和戸自身はワ、ト、ソ、ン、力と呼んでいた。

ワトソン力とは、持ち主が謎に直面すると無意識のうちに発動し、一定範囲内にいる人間の推理力を飛躍的に向上させる能力である（残念ながら、持ち主自身の推理力は向上しない）。和戸が自分の能力に気づいたのは小学校五年生のときで、そのときは力の及ぶ範囲は半径二メートルほどだったが、和戸が成人する頃には半径二十メートルに広がっていた。

ワトソン力と命名したのは、シャーロック・ホームズの相棒であるワトソン医師もこの能力の持ち主だったのではないか、と和戸が思ったからだった。ホームズがワトソンをいつも捜査に同行させていたのは、友情のためではなく、ワトソンが自分の推理力を飛躍的に向上させてくれると知っていたからではないか。

和戸は警視庁捜査一課第二強行犯捜査第三係に所属しているが、ワトソン力によって推理力を高められた同僚たちのおかげで、第三係は検挙率十割という前代未聞の数字を叩き出していた。また、和戸は何度もクローズドサークルでの殺人事件に巻き込まれているのだが、そこでもワトソン力が発動し、推理力が飛躍的に向上した事件関係者たちが推理合戦を繰り広げた挙句、事件が解決していた。

一年ほど前の雪のペンションでの二重射殺事件でも、事件関係者たちによる推理合戦の末に、関係者の一人だったつぐみが真相を言い当てた。つぐみはそのとき、かつてないほど頭が冴《さ》え渡った感覚を味わい、その感覚がまた訪れたことから、和戸の監禁場所を特定し、救出に結びつけたのだった。

和戸を見舞ったつぐみは、一緒に探偵事務所を立ち上げないかと持ち掛けてきた。

「あんたのワトソン力、あたしの身体能力と格闘術があれば、どんな難事件もへっちゃらさ。きっと大はやりするよ。どう、この話？」

和戸はしばらく考えたあとで答えた。

「お申し出はうれしいんですが、捜査一課に入ることは、大学四年生のときからの目標だったので、辞める気はないんです」

「へえ、大学生のときからの目標だったのか」

「ワトソン力を社会の役に立てたいと考えて、最初に思いついたのが捜査一課に入ることだったんです」

つぐみは感心した面持《おもも》ちになった。

「社会の役に立てたい、か。立派なものじゃないか。捜査一課を辞めて探偵事務所を開こうなんて誘って悪かったよ。あたしのわがままだった」

「いえ、こちらこそすみません」和戸は申し訳ない気持ちになった。

つぐみは何かためらっているようだったが、思い切ったように言った。

「……実はさ、あんたに頼みがあるんだ」

「頼み？　何でしょう」

「一緒に映画を観に行ってほしいんだよ」

思わぬ申し出に驚く。

「あたしの空手の師匠がゾンビ映画にゾンビ役のエキストラで出ててさ、ぜひ観てくれって言われてるんだ。でも、あたし、ゾンビ映画が大の苦手なんだよ」

「そうだったんですか」

「あたし、世界中のどんな物騒な場所でも生きていく自信あるけど、ゾンビ映画だけは苦手なんだ」

人は見かけによらないものである。

「だから、誰かと一緒に観に行きたいんだけど、いい相手がいないんだよ。ＳＡＴの同僚の前じゃ突っ張って生きているから、ゾンビ映画が苦手だなんて言ったらこの先ずっとからかわれることになるし」

「僕だったらいいんですか」

「あんたは人をからかったりしないし、何を打ち明けてもいいような雰囲気があるから」

「はあ……」

「人助けだと思って、頼むよ」

「僕でよければ喜んで。何ていう映画ですか」

米狩稲史《よねかりいなし》監督の『屍人《しじん》たちへの挽歌《ばんか》』、とつぐみは言った。

＊

つぐみは、待ち合わせ時刻の九時半ちょうどに、ショッピングモール内にある厚釜《あつかま》シネマのロビーに現れた。

すらりとした長身で、ジーンズにダウンジャケットを羽織っている。ベリーショートの髪で、美人と言える顔立ちだが、切れ長の目には強い光が宿り、豹《ひょう》のような迫力がある。ゾンビを片っ端からなぎ倒しそうな雰囲気だった。これでゾンビ映画が苦手だというのが信じられない。

「おはようございます」

「おはよう。今日はよろしく」

つぐみは、生還困難な作戦に参加するような悲壮な顔をしていた。

『屍人たちへの挽歌』を上映しているのは四番スクリーンだった。映画業界では、映画を上映する部屋も、映像を投影する映写幕も、どちらもスクリーンと呼ぶらしい。出入口のすぐ横に、「本日からリニューアルオープン!」と記した貼り紙がしてある。昨日まで改装工事をしていたようだ。

両開きの出入口の先には通路が伸びていた。通路を少し歩くと、前方に巨大な映写幕があり、左手には階段状の客席が広がっている。客席は大きく前方ブロックと後方ブロックに分かれており、和戸たちが座ったのは、後方ブロックの最前列の真ん中辺りだった。前方ブロックの客席とのあいだに幅の広い通路があるので、非常に観やすい。

前方ブロックの客席には誰もいない。というより、これまでシネコンに来て、前方ブロックの客席に人が座っているのを見たことがない。振り返ると、後方ブロックの客席には五人の観客がいた。男性が三人、女性が二人だ。皆、一人客のようで、離れた席にいる。背の高い男性客が、何か床に落としたのか、身をかがめるのが見えた。

このスクリーンは二百席以上あるようだが、それで観客がこれだけというのは、平日の朝一番の上映であることを考えても少なすぎるような気がする。あまりはやっていない映画なのだろうか。和戸は他人事《ひとごと》ながら心配になった。

十時ちょうど、開幕のブザーが鳴り、和戸は前方に目を戻した。スクリーン内が暗くなる。隣のつぐみが緊張したように身じろぎした。

2

映画が終わり、場内が明るくなった。

大丈夫だろうかと思って隣を見ると、つぐみはハードな訓練を終えたような表情で、大きく息をついた。

「……師匠、結構大きく出ていたよ」とつぐみが言う。

「空手を使うあのゾンビですか」

「そう。迫力あっただろ」

『屍人たちへの挽歌』のゾンビは、ゾンビとなったあとも皆、人間だったときの習慣や特技や想いを保持しているという設定だ。だから、空手家のゾンビは空手で襲い掛かり、料理人のゾンビは包丁とまな板を持って襲い掛かり、恋人のゾンビは愛を求めて襲い掛かるのだ。

和戸とつぐみは出入口に向かったが、そこで異様な光景に出くわした。

「……何だこりゃ」

両開きドアの左右のドアそれぞれの取っ手に鉄の棒を通してあるのだった。鉄の棒は長さ一メートル、直径二センチほど。これではドアを開けることができない。

「まるでさっきの映画の一場面みたいですね。誰かの悪戯《いたずら》かな」

和戸は鉄の棒の右端を持って抜こうとしたが、びくともしなかった。不思議に思って顔を近づけると、取っ手と鉄の棒とを接着剤で固定してあるようだった。

「あたしに任せなよ」

つぐみが鉄の棒をつかむと、裂帛《れっぱく》の気合を放って引っ張った。だが、鉄の棒は動かなかった。

和戸より力のあるつぐみでも動かせないということは、よほど強力な接着剤のようだ。

「僕ならできるかもしれない」

和戸たちの様子を見ていた身長百八十センチはありそうな男性が言い、鉄の棒をつかんだが、やはり動かない。

出入口の前には、あと三名の観客が来ていた。年輩の小柄な男性、長髪で眼鏡の男性、おどおどした雰囲気の女性だ。

「……開かないのかよ」

長髪で眼鏡の男性が言ったが、自分で挑戦しようとはしなかった。三人の人間が引っ張ってもびくともしないのを見て、無理だとあきらめたのだろう。

「シネコンのスタッフに連絡しましょう」

和戸はスマートフォンを取り出すと、厚釜シネマのウェブサイトを見つけ、そこに記されている電話番号にかけた。『屍人たちへの挽歌』を上映している四番スクリーンのドアが取っ手に細工されて開かなくなっていることを伝える。

電話に出たスタッフは「支配人に代わります」と言い、すぐに渋い中年男性の声に代わった。

「支配人の楽田《らくた》と申します。大変申し訳ありません。私どもの方でも、映画が終了したので清掃スタッフがドアを開けようとして、開かないことについ先ほど気がついたところでした。まさか、内側からそんな悪戯がされていたとは……」

「非常口はないんですか？」

「出入口とは反対側、スクリーン前方右手にございます。ただ、スタッフがそちらを確認してみましたところ、そちらも開かなくなっておりまして……」

「どうなっているか、こちらから確認してみます」

和戸は他の観客たちに支配人の楽田から聞いたことを話すと、通路を逆方向に進み、スクリーン前方右手に向かった。「非常口」と表示の出たドアがある。ノブをひねったが、動かなかった。ひょっとしてと思ってよく見ると、ノブを接着剤で固めて回らなくしてあった。和戸はスマートフォンを介して楽田にそのことを知らせた。

「大変申し訳ございません。すぐにドアを外すようにいたします」

「スクリーンの後方に、映写室からの映像が通る小窓がありますよね。あの小窓は開かないんですか？」

和戸は、スクリーンの後方上部にある小さなガラス窓に目を向けて言った。

「あの窓は嵌《は》め殺しです」

「ガラスを破ることは？」

「破っても、人が通れるほどの大きさはございません」

「じゃあ、出入口か非常口のドアを外すしかないわけですね」

「はい。ただ、業者を呼ぶ必要がありますので、一時間ほどかかるかと……」

和戸は、背後に来ていた他の観客たちに支配人の言葉を伝えた。

「一時間⁉」「そんなにかかるの⁉」

その声が聞こえたのか、電話の向こうの楽田が「誠に申し訳ございません」と謝った。業者が到着し次第、和戸の携帯に電話するということにして、通話を終える。

「一時間もここを出られないんじゃ、お見合いに遅れてしまう……」身長百八十センチはありそうな男性がうめいた。

「お見合い？」と和戸は訊《き》いた。

「ええ。正午からお見合いの予定だったんです」

腕時計を見ると、十一時三十分だ。確かにこのままではお見合いに遅れてしまう。

「いったい誰がこんなことをしたんだ……。この中に犯人がいるはずだよな」

長髪で眼鏡の男性が言う。和戸ははっとした。確かに、スクリーンの内部からドアに細工がされたということは、犯人はスクリーンの内部にいることになる。

「わたしじゃありませんよ」おどおどした雰囲気の女性が蚊の鳴くような声で言う。

「私でもないよ」と年輩の小柄な男性が言う。

「僕じゃありませんよ。これからお見合いだというのに、そんなことをするわけがない」と身長百八十センチはありそうな男性。

「あたしでもないよ」

つぐみが言った。それから、最後列の真ん中辺りの席に座る観客に顎をしゃくると、

「なあ、あの人、様子が変じゃないか。あたしたちがこれだけ騒いでるのに、こちらに目を向けようともしない」

「……そうですね」

つぐみの言うように、その観客は、じっと頭《こうべ》を垂れたまま動かなかった。嫌な予感が沸き起こった。階段状になった客席横の通路を上がり、最後列の真ん中辺りの席に近づく。

和戸は「もしもし」と声をかけたが、女性は応えなかった。女性の右腕を取った。冷たくなっていた。脈動がない。口と鼻に手をかざしたが、息をしていない。目を覗《のぞ》き込むと、瞳孔《どうこう》が開いていた。さらに、溢血点《いっけつてん》が見える。絞殺の特徴だ。はっとして、女性の顎をそっと持ち上げ、首周りを見た。荷造り用らしい紐《ひも》が何重にも巻かれていた。

「……亡くなっています」和戸は振り返ると、後ろに付いてきていた他の観客たちに告げた。

「亡くなっているって……心臓麻痺《まひ》でも起こしたのか」とつぐみ。

「いえ、紐で首を絞められたんです」

他の観客たちがこわごわと近づいてきた。

「あの、本当に亡くなっているんですか？　ドッキリとかじゃないんですか」おどおどした雰囲気の女性が言う。

「本当に亡くなっています」

「あなた、お医者さんか何かですか」

「いえ、警視庁捜査一課の者です」

「本当ですか!?　それは心強いな」身長百八十センチはありそうな男性が言う。

「警察手帳を見せてください」と年輩の小柄な男性。

「非番なので、警察手帳は持っていません」

和戸はふたたび支配人の楽田に連絡した。観客の一人が他殺死体で見つかったことを告げ、一一〇番通報するように頼む。自分の名前と、捜査一課員であることも知らせた。

「誠に申し訳ございません……！」相次ぐ事態に楽田はすっかり動転しているようだった。

和戸は通話を終えると、被害者を観察した。小柄な女性で、年齢は三十歳前後だろうか。ハンドバッグが足元に落ちている。席の肘掛けのドリンクホルダーには、ポップコーンの入った紙のカップと飲み物の入った紙コップを載せたトレーが差し込まれている。ポップコーンも飲み物もほとんど減っていないようだ。

犯人は背後から近づき、相手の首にすばやく紐を巻き付けると、思い切り後ろに引っ張ったのだろう。被害者は席の背もたれに押し付けられ、逃れることができない。犯人が全体重をかけて引っ張れば、非力な犯人でも犯行は可能だったかもしれない。上映中の暗闇と音声のせいで、犯行は周囲に気づかれなかったのだ。

「ドアが開かなくなっているということは……あたしたちの中に犯人がいるってことだよな」

つぐみが観客たちを鋭い目で見回しながら言った。『屍人たちへの挽歌』を観ていたときの怖がりぶりが嘘《うそ》のようだ。

「そうとは限りませんよ」と年輩の小柄な男性。「犯人が立ち去ったあと、別の人間がドアを開かなくしたのかもしれない」

「廊下の防犯カメラの映像を調べてみれば、わかるでしょう」

和戸はスマートフォンで楽田にまた連絡を取り、廊下の防犯カメラの映像を調べ、『屍人たちへの挽歌』が始まって以降の四番スクリーンの人の出入りを調べるよう頼んだ。支配人は、警察が到着し次第すぐにそうしますと答えた。

「あの、前の方に行きませんか。遺体のそばにいるのはちょっと……」

おどおどした雰囲気の女性が言い、一同は階段状の通路を降りてスクリーン前方の映写幕のそばに移動した。

和戸は他の観客たちを見回して言った。

「ここから出られるまで、あと一時間近くかかりそうです。それまで自己紹介でもしませんか」

「自己紹介？」

はい、と和戸はうなずいた。これまで何度もクローズドサークルに閉じ込められた経験から、こういうときはまず自己紹介するのがよいと学んでいる。

「私は和戸宋志といいます。先ほど言ったように、警視庁捜査一課員です」

続いてつぐみが名乗り、職業は公務員と言った。

「和戸さんのお連れさんということは、ひょっとしてあなたも捜査一課？」年輩の小柄な男性が興味を持ったように言う。

「いや、事務職員」

SAT隊員だとは言わなかった。SATに所属していることは口外を禁じられているのだ。

「私は、佐藤哲治《さとうてつじ》といいます」と年輩の小柄な男性。「大学で教員をしています」

別に職業まで話す決まりはないのだが、和戸とつぐみが職業を言ったので、佐藤もそうすることにしたようだ。

「僕は、田辺明《たなべあきら》。会社役員です」

そう言ったのは、身長百八十センチはありそうな男性だった。三十歳前後だろうか。肩幅が広く、童顔の二枚目だ。

「会社役員？　その歳《とし》で会社役員かよ」長髪で眼鏡の男性が絡むように言う。

「お祖父《じい》ちゃんの会社なので」

「けっ、お坊ちゃんか。俺は永村茂《ながむらしげる》。映像クリエイター」

長髪で眼鏡の男性はそう言った。三十代半ばで中肉中背だ。

最後はおどおどした雰囲気の女性だった。

「羽鳥早苗《はとりさなえ》です。弁護士事務所の事務員です」

そのとき、和戸のスマートフォンが鳴った。電話に出ると、野太い男性の声が、「厚釜署刑事課捜査係の赤星《あかぼし》といいます」と名乗った。所轄署の捜査員たちが到着したようだ。

「捜査一課の和戸さんですか？」

「はい」

「廊下に設置された防犯カメラを調べてほしいと支配人に頼まれたそうですな。さっそく調べてみました」

「どうでした？」

「『屍人たちへの挽歌』が始まった午前十時以降、四番スクリーンに出入りした者は一人もいません」

「非常口の方はどうですか。そちらの出入りはわかりませんか」

「非常口は機械的に施錠されていて、シネコンの事務所で操作するようになっているそうですが、今日は一度も開けられていないそうです」

「そうですか……」

犯人は今、スクリーンにいる者たちの中にいるということだ。

「そちらにいる人たちの名前を聞いてもらえますか」

和戸は他の観客たちの了承を得てから、彼らの名前と職業を赤星に伝えた。

「映写室の小窓からこちらが見えますよね。映写スタッフは何か目撃していませんか？」

「私たちもそう思って訊いてみたんです。そうしたら、シネコンでは映写機も自動化されていて、昔みたいに映写技師が映写機に付きっきりというわけではないそうなんです。映写機にトラブルがあったら事務所でもわかるようになっているので、映写室は無人のことが多いそうです。映写室にスタッフがいる場合でも、別の作業をしているので、よほどのことがない限り、スクリーン内に注意を払うことはないとか。このシネコンの映写室は、各スクリーンに共通の、廊下みたいに細長い部屋でしてね。映写室にはスタッフが一人いたんですが、別のスクリーンの小窓のそばで事務作業をしていて、四番スクリーンにはまったく注意を払っていなかったそうです」

「はあ……」

「あと四十五分ほどでドアの業者が到着するそうなので、それまで現場の保存をお願いします。そちらに犯人がいることは間違いないので、注意してください。念のため、映写室に捜査員を一人派遣して、小窓からそちらの様子を監視させています」

客席より一階分高い位置にある映写室の小窓に目をやると、ガラスの向こうに男性の顔が見えた。二十メートル以上離れているので顔立ちはわからないが、厚釜署の捜査員だろう。

「捜査員が見ていることを、そちらの人たちに伝えておいてください。そうすれば、犯人もおかしな動きはしないでしょう」

了解しました、と言って和戸は通話を切った。今、聞いたことを他の観客たちに伝える。

「この中に犯人がいる……」田辺明が茫然《ぼうぜん》としたように一同を見回した。

佐藤哲治が言った。

「上映中の犯行ですから、アリバイは誰もありませんね。和戸さんと片瀬さんはお連れですが、偽証しているとも考えられる。他は皆一人だった。席もお互いにかなり離れている。室内は暗闇だったし、映画に集中していたから、席から離れても他の人間は気づかなかったでしょう。かく言う私も、出入口に向かう通路に近い席ですが、映画に夢中で人の動きには気づかなかった」

「……俺にはアリバイがあるんだ」と永村茂が意を決したように言う。

「こんな状況でどうやってアリバイが成立するんですか」と佐藤。

「実は俺、映画泥棒してたんだ」

「盗み撮りということですか」

「そう。俺、米狩監督の大ファンで、映像の構図とかじっくり研究しようと思ってさ」

「盗み撮りするようでは、ファンとは言えませんよ」

「悪かったよ。で、盗み撮りがばれないように、最後列の一番右端の席に座って、すぐ後ろに、三脚に載せたビデオカメラを置いて撮ってたんだ。だけど、さっき調べてみたら、位置が悪かったのか、俺の頭が画面の下にほんの少しだけ入ってた。それを見れば、俺がずっと席に座っていたってわかるだろう」

和戸は永村のビデオカメラを見せてもらった。早送りでチェックする。確かに、長髪の男性の後頭部がずっと映り込んでいる。永村の後頭部のようだ。だが、三十二分に達したとき、映像は切れてしまった。あれ？　と永村が慌てた声を出した。

「……しまった、ＳＤカードのデータ容量が満杯だ！」

「あんたのアリバイは三十二分間だけということだな」つぐみが冷たく言う。

「そ、そんな……」永村はがくりと肩を落とした。

　羽鳥早苗が言った。

「それにしても、犯人はなぜ、スクリーンから出られないようにしたんでしょう。自分をスクリーンに閉じ込めるなんて、自分の首を絞めるようなものじゃないですか。ここが外部と吊《つ》り橋だけでつながった陸の孤島で、吊り橋を落とすというのならまだわかります。そうすれば数日間は警察が来られませんから。だけど、スクリーンのドアを開かないようにしたところで、一時間もせずに開けられてしまうでしょう」

「……そう言われれば、そうですね」

「犯人は、犯行後、ここからすぐに立ち去ろうとしたはずです。自分をここに閉じ込めるのは明らかにおかしいと思います。とすれば、考えられることは一つしかありません。ドアを固定した人物と、被害者を殺害した人物は別人なんです。これから、話をわかりやすくするために、ドアを固定した人物を固定犯、あの女性を殺害した人物を殺人犯と呼ぶことにしましょう。殺人犯は犯行を終えてすぐにスクリーンを出るつもりだったけれど、その前に固定犯がドアを固定していたので、出られなくなった。殺人犯はさぞかし慌てたに違いありません」

先ほどまで蚊の鳴くようだった羽鳥早苗の声は、いつの間にか堂々として力がみなぎっていた。ワトソン力が作用し始めて推理力が向上し、それに伴って自信が生まれたようだ。

「殺人犯は、被害者が今日、『屍人たちへの挽歌』を観ることを知っていたのだと思います。さらに、被害者がいつも、最後列の席に座ることも。殺人犯は被害者と親しい人物なんです。あの女性のスマートフォンを調べてみましょう。殺人犯があの女性と親しい人物ならば、電話帳に名前が載っているかもしれません」

羽鳥早苗が被害者の席の方へ向かおうとしたので、和戸は慌てて止めた。あと一時間足らずで警察の捜査が始まるというのに関係者たちに被害者の持ち物を勝手にいじくり回させたのでは、和戸が大目玉を食らうことになる。

そのときだった。つぐみが高らかに言った。

「固定犯がわかった」

3

ワトソン力はつぐみにも働いているようだ。犯人指摘に一番乗りしたからか、つぐみは意気揚々としていた。

「あたしの推理の取っ掛かりとなったのは、ドアを固定していた鉄の棒なんだ。あの棒は、長さが一メートルほどもあった。あたしはここで、一つの疑問を抱いた――固定犯は、あの棒をどのようにして持ち込んだんだろうか？」

和戸ははっとした。

「むき出しのままでは、シネコンのスタッフに見咎《みとが》められてしまう。じゃあ、荷物に入れたんだろうか。だけど、今ここにいる人たちの中で、一メートルの長さの棒をしまえるような荷物を持っている人はいない」

そこでつぐみは和戸を見た。

「悪いけど、捜査班に電話して、四番スクリーン前の防犯カメラの映像に、棒状のものを持ってスクリーンに入る人間がいないか確認してもらえないかな」

和戸はスマートフォンで赤星に頼んだ。赤星はすぐに確認すると言って電話を切った。

つぐみは自信に溢《あふ》れた顔をしている。推理力を高められた人間に、自分の推理が正しいという自信を持たせるのも、ワトソン力の作用の一つらしい。

数分後、赤星から電話がかかってきた。棒状のものを持って四番スクリーンに入る人間は映っていないという。それを和戸から聞いたつぐみは、大きくうなずいた。

「とすれば、考えられることは一つしかない。固定犯は、棒を背中に貼り付けて隠して持ち込んだんだ。そして、一メートルの長さの棒を背中に貼り付けて隠せるほど背が高い人間は、ここでは一人しかいない」

一同がその人物を見た。その人物——田辺明が顔をゆがめた。

「僕が固定犯だと？」

「そうだよ。鉄の棒をどうやって持ち込んだかを考えると、固定犯はあんたでしかありえないんだ」

田辺は抗弁しようとしたようだが、つぐみの鋭い視線を受けると、がくりと肩を落とした。

「——そうです。僕がドアを開かなくしたんです」

和戸は、田辺があっさり認めたことに驚いた。

「どうしてドアを開かなくしたんだ？」とつぐみ。

「実は、お見合いに行きたくなかったんです」

予想外の答えに、一同は「は？」と声を出した。

「お見合いに行くのが嫌で嫌で、休むことにしたんです。でも、単に休んだんじゃママに怒られるから、映画を観に行ったら誰かがドアを開かなくして、スクリーンから出られなくなったということにしようと思ったんです」

あまりにも短絡的な行為に呆《あき》れた。もっともそのおかげで、容疑者を限定することができたのだが。

「お見合いに行きたくないなら、初めから断ればいいだろ」とつぐみ。

「ママの紹介してくれた相手なんで、どうしても断れなかったんです。だけど僕、その相手と結婚なんかしたくないんですよ。で、どうしたらいいかと考えた末に……」

「あんた、発想の飛び方がすごすぎるよ」

そうですか、と田辺はうれしそうな顔になる。

「ほめてるんじゃないよ。で、あんたがドアを固定した時刻は？」

「十一時十五分頃だったと思います。映画の終わる十分ぐらい前にドアを固定しようと考えていたんです。あんまり早く固定すると、誰かがお手洗いに行こうとしたときに、ドアが開かないと気づかれる可能性が高くなると思って」

「あんたさっき、鉄の棒を引っ張って抜き取ろうとしたけど、あれは演技だったのか」

「はい。ひょっとしたら、ドアを開かないように工作したときに自分の指紋が付いたかもしれないから、あとで怪しまれないように、今、触っておこうと思って。指紋が見つかっても、棒を抜き取ろうとしたときに付いたんだと言い訳できますから」

「まったく、悪知恵が回るな」

「あなたの推理だと、殺人犯は誰ですか？」和戸はつぐみに訊いた。

「わからない」

「は？」

つぐみは無念そうな顔をすると、

「固定犯はわかったけど、殺人犯が誰なのかはわからないんだよ。せっかくあんたのワ……」

つぐみはそこで口をつぐんだ。「あんたのワトソン力の影響を受けたのに」と言おうとして、和戸の特殊能力は秘密にしていることに気づき、口をつぐんだのだろう。というより、ワトソン力のことを言っても、頭がおかしいと思われるのがおちだが……。

4

「わたし、殺人犯がわかったような気がします」

そう言ったのは羽鳥早苗だった。おどおどした雰囲気は完全に消え失せ、今や堂々としている。殺人犯指名で先を越されたつぐみが悔しそうな顔をする。

「殺人犯は、客席の前方ではなく後方、真ん中ではなく端の方に座ろうとするはずです。前方の席に座ったら、犯行で移動するとき、後方の席のお客さんに気づかれやすいですよね。真ん中の席に座ったら、同じ列の左右に他のお客さんがいた場合、その前を通らなければならず、そのお客さんの記憶に残る恐れがあります。そう考えると、一番怪しいのは、最後列の一番右の席に座っていた永村さんです」

映像クリエイターは眼鏡を持ち上げると、反論した。

「そういうあんたはどうなんだ？　あんただって、最後列じゃなかったけど、後ろの方、しかも端の席に座っていただろう。こんなに席ががらがらなのに、端の席を選ぶのはおかしいじゃないか。佐藤さんと田辺さん、あんたたちだってそうだ」

和戸は、永村茂、羽鳥早苗、佐藤哲治、田辺明の席の位置を思い浮かべた。

客席が大きく前方ブロックと後方ブロックに分かれているうち、彼らが座っていたのは後方ブロックだ。そして後方ブロックは、横四席からなる左端ブロック、横十三席からなる中央ブロック、横四席からなる右端ブロックに分かれている。左端ブロックと中央ブロックは十列あるのに対し、右端ブロックは三列しかない。これは、右端ブロックが、出入口に向かう通路の上方に位置している、つまり階段状の客席が通路より充分高くなってから、通路に被《かぶ》さるように位置しており、わずかなエリアしか占めていないためだ。

羽鳥早苗は、後方左端ブロック前から三列目、一番左の壁際の席だった。田辺明は、後方中央ブロック七列目の一番左の席。その左手には階段状の通路を隔てて後方左端ブロックがある。佐藤哲治は、後方中央ブロック二列目の一番右の席。すぐ右手に、出入口へと向かう通路がある。永村茂は、後方右端ブロック最後列の一番右の席。そして被害者は、後方中央ブロック最後列の真ん中辺りの席だ。

永村は、羽鳥早苗、田辺明、佐藤哲治に等分に目を向けながら言った。

「あんたたちは揃いも揃って端の席を選んでいる。だけど普通なら、和戸さんと片瀬さんみたいに真ん中の席を選ぶはずだ。チケット販売機で席を選ぶときに、ががらなことは一目瞭然だったはずだ。それなのにどうして端の席を選んだんだ？　俺が最後列の一番右の席を選んだのは、映画泥棒をするというちゃんとした理由があるからだ。あんたたちは違うだろう。おかしいじゃないか」

映画泥棒がちゃんとした理由というのは突っ込みどころ満載の発言だったが、和戸は黙っておいた。

佐藤が言う。

「私があの席を選んだのは、出入口に向かう通路に近いからだ。歳のせいかトイレが近くなってね。チケット販売機で席を選ぶときにがらがらなことには気づいたが、真ん中の席を選ぶと、私が買ったあとに左右の席を誰かが買うかもしれない。その場合、トイレに行こうとしたらその席の人に迷惑がかかる。幸い、今回は一度もトイレに行かずにすんだが」

羽鳥早苗が言う。

「わたしがあの席を選んだのは、壁に近い方が落ち着くからです。広い空間の真ん中にぽつんといると不安になるんです。だから、壁に近い左端の席を選んだんです」

「広い空間の真ん中にぽつんといるのが不安なら、そもそも映画館に来るなよ」と永村。

「でも、映画館は音響設備がいいので、ここで観たいんです」

田辺が言う。

「僕があの席を選んだのは、通路のそばだったからです。映画が終わったあと、列と列のあいだの細い空間を歩くのが嫌なんです」

「おかしなことを嫌がるもんだな」

「本当に嫌なんだから仕方ないでしょう」

田辺と永村は睨《にら》み合った。

この四人の誰か一人は、端の席を選んだ理由について嘘をついている、と和戸は思った。嘘をついている人物が殺人犯だ。本当は犯行に都合がいいから端の席を選んだのに、嘘の理由を述べている。だが、嘘をついているのが誰なのかがわからない。

そのとき、和戸のスマートフォンに厚釜署の赤星から電話がかかってきた。

「映写室の窓から見ている捜査員の報告だと、皆さん、激しく言い争っているようですが、大丈夫ですか。何を話しているんですか？」

「推理合戦をしているんです」

「――推理合戦？」赤星は呆気《あっけ》にとられたようだった。「いったい何でそんなことを？」

ワトソン力の影響です、とは言えなかった。

「まあ、いろいろありまして」

「くれぐれも犯人を刺激しないようにしてください」

了解しました、と言って和戸は電話を切った。

そのときだった。

「殺人犯がわかりました」と晴れ晴れした声が響いた。

5

声を発したのは、何と田辺明だった。つぐみが田辺を睨みつけた。

「おい、あんた、固定犯のくせに、ずうずうしく推理するつもりか」

「固定犯だからって推理してはいけないという法はないでしょう」

「……まあ、そうだな」

「固定犯だって推理したいんです」

「じゃあ、勝手にしろ」

はい、と田辺はうなずいた。

「僕がドアを固定したのは十一時十五分頃でした。殺人犯は、犯行後すぐにスクリーンを出ようとしたことでしょう。だけど、廊下の防犯カメラの映像から、殺人犯はスクリーンから出ていないことがわかっている。ということは、犯行はドアが固定されて以降か、あるいは固定される直前だったと考えられます。犯行がもっと前ならば、殺人犯はスクリーンから出られたはずですから。つまり、犯行は十一時十五分以降、さかのぼっても数分程度と考えていいと思います。ところが一方で、その想定と矛盾する状況があるんです。被害者のポップコーンの残量と飲み物の残量です。両方ともほとんど減っていません」

和戸ははっとした。確かに、ポップコーンも飲み物もほとんど減っていない。

「被害者がポップコーンや飲み物を少ししか口にしていないということは、被害者は十時に映画が始まって間もなく殺害されたということを意味しています。しかし、今言ったように、そんなことはありえません。とすれば、考えられることは一つしかない。ポップコーンの残量と飲み物の残量は偽装だったんです」

「――偽装？」

「このポップコーンと飲み物は、被害者のものじゃなかったんです。殺人犯が自分のものと被害者のものを入れ替えたか、あるいは、被害者はもともとポップコーンも飲み物も用意していなくて、殺人犯が自分のものを被害者のものに見せかけたんです」

「どうしてそんなことを？」

「死亡推定時刻を実際より前に見せかけるためです」

「そんなことをして、殺人犯に何のメリットがあるんですか」

「アリバイを作るためです」

「アリバイ？」

「この中で一人だけ、アリバイを主張している人がいます」

田辺は長髪で眼鏡の映像クリエイターを見た。

「永村さん、あなたが盗み撮りした映画のビデオカメラ映像には、三十二分まであなたの頭が少しだけ映っています。あなたはそれをもって、映画が始まって三十二分までは自分にはアリバイがあると主張している。ポップコーンの残量と飲み物の残量が示すように、被害者が殺害されたのが、映画が始まってすぐだったのなら、あなたにはアリバイがあることになる。でも、あなたはそのように見なされることを狙って、ポップコーンと飲み物を使った偽装工作をしたんです。永村さん、あなたが殺人犯です」

永村は嫌そうな顔をした。

「また俺が殺人犯だって言うのか。みんな、俺に対して冷たすぎやしないか」

「あんたが映画泥棒をしていたから、みんな、あんたにはいい感情を持ってないんだよ」つぐみが冷ややかに言う。

「そんな……」永村は涙目になった。

「だけど、あんたが殺人犯だとは、あたしは思わない」

「え、本当かよ」

「殺人犯がここを立ち去れなかったのは、ドアが固定されたからだけど、殺人犯はそのことを予想できなかった。殺人犯は犯行後すぐにここを立ち去るつもりだったはずだ。身元が特定されるなんて考えてもいなかっただろう。アリバイ工作が必要だとは考えなかったはずだよ。田辺さんの推理は根本的におかしい」

つぐみにそう言われて、二枚目の会社役員はくやしそうな顔をしたが、反論できない。

「片瀬さん、ありがとう！」永村が感激した面持ちで言った。

羽鳥早苗が首をかしげた。

「でも、アリバイ工作のためでないなら、ポップコーンと飲み物がほとんど減っていなかったのはどうしてなんですか？」

「あたしの推理なら、それを説明できる」

「あなたの推理？」

「殺人犯が誰か、わかった」

和戸は驚いてつぐみを見た。もう一度、推理しようというのか。彼女の顔には自信が溢れている。

「まず言っておかなきゃならないことがある。さっきあたしは、田辺さんが固定犯だと推理したけど、あれは間違いだった。田辺さんは固定犯じゃない」

「どうしてそう言えるんですか」

「映画が始まる前、皆がそれぞれの席に座っているときに、田辺さんが何か床に落としたのか、身をかがめるのをあたしは見たんだ」

和戸ははっとした。「私も見ました」と言う。

「あの時点ではまだ映画は始まっておらず、スクリーン内は暗くなっていなかったから、ドアに鉄の棒の細工はまだされていなかった。もし田辺さんが背中に鉄の棒を貼り付けていたら、あんな風に身をかがめることはできなかったはずだ。つまり、田辺さんは固定犯ではないことになる。では、田辺さんが固定犯でないとしたら、固定犯は鉄の棒をどうやってスクリーンに運び込んだのか。事前に運び込んでおき、スクリーンのどこかに隠しておいたとしか考えられない。おそらく、客席のシートの裏側にテープで貼り付けておいたんだろう。

では、事前に運び込んでおいたとして、それはいつだろうか。今回の上映は、今日の一回目だ。そして昨日までこのスクリーンは改装中で客は入れなかった。とすれば、客としてこのスクリーンに入り、鉄の棒を隠しておくことは無理だっただろう。固定犯は、従業員としてこのスクリーンに入り、鉄の棒を隠したんだ」

「——従業員？」

「たぶん清掃スタッフだろう。業務用掃除機の延長パイプの中にでも入れて鉄の棒を持ち込んだんだ」

つぐみは一同を見回した。

「じゃあ、この中で厚釜シネマの清掃スタッフとして働いていたのは誰だろうか。佐藤さんは大学教員、田辺さんは会社役員、羽鳥さんは弁護士事務所職員、永村さんは映像クリエイターと、それぞれ仕事がある。もちろん、アルバイトということも考えられる。だけど、和戸はあたしたち全員の名前と職業を警察に伝えた。支配人も当然、それを聞いただろう。もしこの中に厚釜シネマの清掃スタッフがいたら、支配人は必ず気がついていたはずだ。それなのに気づかなかったということは、この中に清掃スタッフはいないと考えていい」

「——この中に清掃スタッフはいない？　おかしくないかね」佐藤哲治が首をかしげる。

「この中に清掃スタッフはいない。だけど、鉄の棒でスクリーン内部からドアを開かなくした以上、今、このスクリーンには清掃スタッフがいる。とすれば、考えられることは一つしかない。被害者こそが清掃スタッフ、つまり固定犯だったんだ」

「被害者こそが固定犯だった？」

「田辺さんは嘘をついていることになる」

一同は田辺を見た。坊ちゃん風の二枚目顔に狼狽《ろうばい》の色が浮かんだ。

「じゃあ、なぜ、そんな嘘をついたのか。考えられることは一つしかない。固定犯は殺人犯ではない、と考えられているので、固定犯だと認めれば、殺人犯の候補から外れることができるんだ」

「ああ……」

「言い換えれば、田辺さんこそが殺人犯だということになる。田辺さんが自分が固定犯だと認めたのは、被害者こそが固定犯であり、否定しないとわかっていたからさ」

田辺が自分が固定犯だとあっさり認めたのは、そういう理由だったのだ。つぐみの間違った推理で固定犯だと指摘された田辺の脳裏に、これを利用して殺人犯の容疑を逃れるという考えが閃《ひらめ》いたのだろう。

「でも、被害者が固定犯だったとして、いったいなぜ、スクリーンのドアを開かないようにしていたんですか」

「被害者は、田辺さんを罠《わな》にかけようとしていたんだ」

「罠？」

「被害者は、田辺さんが自分を襲うように仕向け、犯行後、田辺さんが逃げられないように、あらかじめスクリーンのドアを開かないようにしておいたんだ。被害者がポップコーンと飲み物をほとんど口にしていなかったのは、間もなく自分が田辺さんに襲われるとわかっていて、食欲が湧かなかったからだろう。

被害者がドアを固定したのは、実際には映画が始まってすぐだったと思う。田辺さんはいつ自分を襲いに来るかもしれないのだから、田辺さんが逃げられないように、ドアの固定は早めにしておく必要がある。

田辺さんはさっき、ドアを固定したのは、映画の終わる十分ほど前、十一時十五分頃だと言った。実際には、被害者がドアを固定したのがいつか、田辺さんにはわからなかっただろう。だけど、もし早めの時刻を言った場合、観客の誰かが手洗いのためにスクリーンを出ていたら、田辺さんの言葉が嘘だとばれてしまう。そこで、遅めの時刻を言った。いつ頃、固定したのか憶《おぼ》えていないと答えることも考えられるけど、映画のストーリーのどの辺りだったかと訊かれるだろうし、それに答えられないとなるとさすがに不自然なので、適当な時刻を言わざるをえなかった」

つぐみは田辺を見据えた。

「どうだい、あたしの推理は正しいだろう？　どうして彼女を殺したんだ？　彼女はどうやってあんたが襲うように仕向けたんだ？」

田辺はびっしょりと汗をかき、きょろきょろと目を動かしていた。何とか反論しようとしたが、何も思いつかなかったのか、がくりと肩を落とした。

「……僕は以前、彼女と、矢来杏子《やらいきょうこ》と付き合っていたんだ。僕にしてみれば遊びだった。だけど、杏子は僕と結婚するつもりでいた。そんなことできるわけないじゃないか。何度もそう言ったのに、杏子は聞き入れなかった。挙句の果てに、今日の見合いを邪魔してやるというんだ。そんなことをされたら大変だ。今回の相手は、与党幹事長の娘さんなんだよ。僕は必死でやめてくれと頼んだ。すると彼女は、今日、厚釜シネマで朝一番に『屍人たちへの挽歌』を観るつもりだから、その前に近くの喫茶店で話し合いの場を設けてあげるというんだ。僕はほっとして、喫茶店で会い、杏子を説得しようとした。だけど彼女は聞く耳を持たなくて、すぐに席を立ってシネコンに入ってしまった。映画を観たあとはお見合いの席に乗り込むつもりだろう。僕はもうシネコンで彼女を殺すしかないと思った。杏子はいつも、最後列で映画を観る習慣だったから、暗闇の中で殺せば周りに気づかれないだろう。僕はコンビニで荷造り用の紐を買うと、この四番スクリーンに入った。映画が始まると、手袋をはめ、何重にもした紐を手にして杏子に近づいた……」

だが、それは矢来杏子の罠だったのだ。彼女は映画が始まるとすぐに、出入口や非常口を開かないようにし、自分を襲った田辺が逃げられないようにした。彼女は傷を負う程度に留《とど》めさせるつもりだったのだろうか。それとも、殺されてもかまわないと思っていたのだろうか。いずれにせよ、彼女は自らの負傷あるいは死と引き換えに、田辺を破滅させるつもりだったのだ。それは、田辺に対する凄《すさ》まじいまでの執着だった。

「……杏子を殺したあと、僕はすぐにここを出ようとした。だけど、ドアが開かなかった。杏子がやったんだと気がついた。僕をここから出さないために……」

和戸の脳裏に、『屍人たちへの挽歌』で恋人たちがシネマコンプレックスのスクリーンに逃げ込んだ場面が甦った。死んでゾンビとなった女から逃げる男。しかし、ドアの取っ手に差し込んだ棒のせいで男は逃げることができず、その肩に女が血まみれの手をかける……。ひょっとしたら、矢来杏子は別の映画館で『屍人たちへの挽歌』を観ていて、あの場面からヒントを得たのかもしれない。

「ああ、僕はもう終わりだ。こうなったのはあんたのせいだ。よくも見破ったな！」

田辺がつぐみにつかみかかった。あまりに急で和戸たちはからだを動かせなかった。田辺のからだとつぐみのからだが交錯したと見えた瞬間、田辺のからだが浮き上がり、前方に飛んでいった。つぐみが背負い投げを食らわせたのだった。よろけながら立ち上がった田辺につぐみがつかつかと近づくと、強烈な右の回し蹴りを放つ。田辺はそれを顔面に食らい、床に崩れ落ちた。和戸、佐藤、永村の三人がそこに飛びかかる。

つぐみは田辺を見下ろすと、言った。

「あたしを倒したいんだったら、ゾンビになってから来な」

第二話
ニッポンカチコミの謎

1

和戸《わと》はすっかり酔っていた。

午後八時過ぎ。五月の夜の生暖かい空気の中、通りは人でごった返していた。法被《はっぴ》や浴衣姿の人たちも多い。

今日は天心祭《てんしんさい》だった。日本七大祭りの一つだと地元で大いに宣伝している。三大祭りならともかく七大祭りというのが微妙だ。

昼から夕方にかけては神輿《みこし》や山車《だし》が練り歩く。といっても大阪の某市のような激しいものではなく、あくまでものんびりとしたものだ。夜には花火の打ち上げ。商店街には夜店がずらりと並んでいる。

和戸は今日、高校時代の友人たちと久しぶりに会って飲んだのだが、二次会のスナックに行くために移動中、人込みの中で友人たちとはぐれてしまった。二次会の店は何という名前だっただろう？　確か、〈おせっかい〉とかいう変わった名前だったが……。

ふと見ると、目の前の小さな四階建てビルの一階のドアに〈大瀬会〉と記されていた。「おおせかい」と読むのだろうか。ひょっとしたら、スナックの名前は「おせっかい」ではなく「おおせかい」だったかもしれない。とすればこの店だろう。字の横には変わったマークも描かれている。マークを掲げるスナックとは珍しいと思ったものの、何しろ酔っているので深くは考えなかった。早く友人たちに合流しなければと思い、スチールのドアを開けようとしたが、鍵がかかっている。

営業しているはずだが……和戸は不思議に思い、ドアをがんがん叩いた。

「てめえ、何しやがる！」

怒鳴り声とともにドアが開けられた。次の瞬間、和戸は襟首をつかまれて店内に引きずり込まれていた。そのまま勢い余って進み、目の前にあるソファに倒れ込む。その周りを、殺気立った男たち四人が取り囲んだ。

「あの、ここはスナック〈おせっかい〉ですか？」

どうも違うようだと思いながらも、念のため訊《き》いてみる。

「スナック⁉　ふざけるんじゃねえ！　ここは任侠《にんきょう》団体〈大瀬会《おおせかい》〉だ！」

眼鏡をかけた細面の男が怒鳴った。

「あ、すみません……」

一瞬にして酔いが醒《さ》めた。周囲を見回す。十七、八畳ほどの空間で、絨毯《じゅうたん》が敷かれ、中央に応接セット、奥にデスクが四台。壁には筆書きで「誠」の字の額縁。話に聞く組事務所そのものだ。ドアに描かれていた変わったマークは代紋だったらしい。

「すみませんで済んだら警察は要らねえ。どうしたらスナックと組事務所を間違えるんだ！」

「ええ、自分でも呆《あき》れているところで……」

「まあ、こいつも反省してるみたいだから、放してやったらどうですか」

人の好《よ》さそうな顔をした巨漢が言う。

「そうだな。こんなとぼけた野郎を相手にしてもしょうがない」

すらりとした優男が言った。それから小柄な男に目を向けると、

「そういや、祭りのせいか、玄関前にゴミが散らばっていたぞ。箒《ほうき》で掃いておいてくれ」

小柄な男は「はい」とうなずき、部屋の奥にあるドアを開けて消えた。

「さ、帰んな」

巨漢が和戸をうながしたときだった。

「うわー！　死体が！」

部屋の奥のドアが開き、小柄な男が箒を持って叫びながら駆け戻ってきた。

「そうぞうしいぞ、小杉《こすぎ》。どうしたんだ？」

眼鏡の男が叱りつける。

「中沢《なかざわ》の兄貴！　し、死体が物置部屋にあるんです！」

「何だって！」

和戸を取り囲んでいた三人が駆け出し、部屋の奥のドアを開けて消えた。小杉と呼ばれた小柄な男も駆けていく。和戸も職業柄、ついあとを追った。

ドアの向こうは横に延びる廊下で、厨房《ちゅうぼう》、階段、エレベーター、トイレ、裏口に出るらしい

ドアが並び、さらにドアが開いたままの小部屋があった。四人の極道はそこに入っていく。そこが物置部屋らしい。和戸が戸口から覗《のぞ》くと、四人が床をじっと見下ろしていた。そこには、男が一人、仰向《あおむ》けに横たわっていた。和戸はとっさに、男の首筋にナイフが突き立っているのを目に留めた。

「カチコミの格好じゃねえか……」

先ほど小杉に「中沢の兄貴」と呼ばれた眼鏡の男が呟《つぶや》く。確かに、横たわっている男は防弾チョッキを身につけ、右手に拳銃を持ち、敵対する組を襲うカチコミの格好そのままだった。この事務所にカチコミをかけにきたのだろうか。祭りでごった返す夜というのは、ある意味カチコミには打ってつけかもしれない。群衆の中に紛れ込めば、追跡をかわし容易に逃亡することができる。

「この男、知ってるか?」

中沢が他の三人に目を向ける。三人とも首を振った。

「オヤジに知らせなきゃな」

中沢が呟き、戸口に向かおうとしたところで、そこから覗く和戸に気がついたようだった。

「てめえ、何見てるんだ！　おい、小杉！　連れていってしっかり見張っとけ！」

和戸は小杉に引っ張られて先ほどの部屋に戻り、ソファに座らされた。

やがて、三人の極道が戻ってきた。中沢が、初老の男が乗った車椅子を押している。恰幅《かっぷく》のよいからだを渋い柄の和服に包んだ男で、岩のようにごつごつしたいかつい顔をしている。醸し出す雰囲気が三人とは明らかに違っていた。初老の男に向かって小杉が頭を下げ、それから和戸を小突いてソファから立たせた。

「あんたか、うちに迷い込んできたというのは」

車椅子の男が和戸に目を留めて言う。どっしりとした低い声だった。はい、すみません、と和戸は頭を下げた。

「名前は？」

「和戸といいます」

「俺は組長の大瀬《おおせ》だ」

やはりそうだったか。死体を発見したので、組長に報告したのだろう。先ほど廊下に出たとき、階段とエレベーターがあったのを思い出した。組長は上の階に部屋を構えているようだ。

「物置部屋の死体、警察に通報した方がいいですよ。何でしたら、私が……」

和戸がスマートフォンを取り出すと、組長が「待ってくれ」と言った。

「場所からして、うちの誰かがやった可能性が高い。自首させるから、それまでもう少し待ってくれ。この通りだ。頼む」

そう言って深々と頭を下げる。「オヤジ……」男たちの誰かが感極まったように呟いた。

「……わかりました」

和戸がスマートフォンをしまおうとすると、「すまんが、電源を切ってテーブルの上に置いてくれ」と組長が言った。和戸はため息をついて言われた通りにした。いつまでも二次会に来ない和戸に友人たちが電話してくるかもしれないが、これでは電話に出られない。まあ、乗り掛かった舟だ、ままよと思った。

組長は組員たちを見回した。

「で、お前たちのうちの誰が殺《や》ったんだ？　正直に言え。別に怒りやしねえ。カチコミに来た鉄砲玉を返り討ちにしたんだ、立派な行いだよ」

組員たちは顔を見合わせ、首を振った。

「この事務所には外部の人間は簡単には入ることができん。とすれば、お前たちの誰かが殺ったとしか考えられねえ」

「俺は殺ってません」と四人の極道が声を揃えて言う。

「チャカを手にした鉄砲玉の首筋にナイフを刺すなんて、俺にゃあとうてい無理です」すらりとした優男の極道が言った。

「しょうがねえな……」

組長は組員たちをぎろりと睨《にら》んだ。その眼光の鋭さに組員たちはすくみ上がった。

「こうなったら、あれしかねえな」

まさか、暴力を振るうのだろうか。そうなったら警察官として止めなければならないが、そんなことが可能だろうか……和戸は悩んだ。

「あれって何です？」恐る恐る尋ねてみる。

「推理に決まってるじゃねえか」

「推理⁉」

どうやら、ワトソン力が作用し始めたようだった。

組長は和戸を見てにやりとした。

「おう、推理よ。あんた、てっきり俺が暴力でも振るうと思ったか？　クイーン信者の俺がそんなことするわけねえじゃねえか。暴力じゃねえ、ロジックだ」

「――クイーン信者？　クイーンって、どこの女王様ですか？」

組長がいきなり意味不明なことを言い出したので、和戸は面食らった。組長は天を仰ぐと、

「あんた、エラリー・クイーンを知らんのか。クイーンてのはな、史上最高の推理小説家だよ。聖典を全部、神棚に並べてある」

組長が指す方向を見ると、壁に設けられた巨大な神棚に、クリーム色や青色や群青色の背表紙の文庫本が端から端までずらりと並べられていた。『〇〇の謎』、『〇〇の秘密』といった題名が多い。よく見ると、「謎」と「秘密」の違いこそあれ、同じ作品が出版社を違えて少なくとも三冊ずつはあるようだ。同じ作品が複数の出版社から翻訳されていて、それらを全部揃えているということだろうか。いずれにせよ、組長がエラリー・クイーンという作家に傾倒していることだけはよくわかった。

「俺がクイーンの作品に出会ったのは三年前だが、それ以来、人生が変わった。こいつらにもクイーンを読むように勧めてるんだよ」

そう言って組員たちに顎をしゃくる。組員たちは愛想笑いをした。組長が推理うんぬんと言い

出したのは、ワトソン力が作用したためでもあるが、もともとエラリー・クイーンという推理小説家が好きだという下地があったためでもあるらしい。

「推理するためには、現場をよく調べなきゃならねえ。物置部屋に行こう。あんたも来い」

2

一同が歩き出したところで和戸は言った。

「ところで、皆さんのお名前をうかがってよろしいでしょうか。組長さんのお名前はうかがいましたが、他の方はまだなので」

小杉と中沢についてはすでに名前がわかっているが、いちおう訊いておく。

「俺は中沢」眼鏡をかけた細面の男が言った。

「広木《ひろき》だよ」巨漢だが、組員の中では一番人が好さそうな顔の男が言う。

「小杉です」と小柄ですばしこそうな印象の男。

「若狭《わかさ》ってもんだ」すらりとした優男が言った。

「組員は皆さんで全部ですか？」

そうだ、と組長はうなずいた。それから苦笑すると、

「小さい組だって思ってるんだろう？　まあ、確かにその通りだ。俺を入れて五人しかいねえ。で、五人ともこのビルに住み込んでる。うちは、地元に密着してほそぼそとやっている組なんだ。組員も半分は地元出身だ。広木は事務所の裏手の魚料理店のせがれだし、小杉は近所の煙草屋のせがれだ。ところで、和戸さんといったか、あんた、大学院生か助手だろう？　いかにもそういう雰囲気だ」

「いえ、警視庁捜査一課の捜査員です」

五人の極道が爆笑した。若狭が涙を拭きながら言う。

「……あんたが警視庁捜査一課の捜査員？　冗談もほどほどにしなよ。あんたがサツの旦那なら俺はトム・クルーズだよ。嘘《うそ》を言うにしてももう少しそれらしい嘘を言いなよ」

童顔のせいでお前は刑事に見えないといつも友人に言われるのだが、ここでも信じてもらえないとは。和戸はがっくりきた。非番なので警察手帳も持っていない。

「まあ、サツの旦那だっていうんだから、そういうことにしておいてやろうじゃねえか」

組長が鷹揚《おうよう》な口調で言い、和戸に目をやると、

「で、あんた、階級は？」

「巡査です」

「えらい！」

組長が胴間声《どうまごえ》を上げたので、和戸は腰を抜かしそうになった。

「こういうとき、警部だの警部補だのと言わずに巡査というところが気に入った。たとえ空想で

も、一番下から地道に勤め上げていこうという心構えが立派じゃねえか。お前たちも見習いな」

いいえ、空想ではなくて本当に巡査なんですが……和戸は内心呟いたが、口にするのはやめておいた。何を言っても信じてもらえなさそうだ。

物置部屋に入る。和戸は死体をあらためて見た。

中肉中背で、二十代前半に見える男だった。長袖シャツと綿ズボンという格好で、防弾チョッキを身につけている。死体の左の首筋にはナイフが突き立っていた。防弾チョッキはある程度は防刃機能も有しているが、首の辺りはむき出しなので、ナイフを防ぐ役割を果たさなかったようだ。ナイフが栓となったのか、血はほとんど流れていない。

「こいつはどこの組のもんだろうな。お前ら、見覚えはないか?」

組長の言葉に、四人の組員たちは首を振った。

「見たことないですね。うちと仲が悪いっていやあ田沢《たざわ》組ですが、田沢組の連中にもこんな野郎は見覚えがないし……」

「ポケットに身元を示すものがないか探してみろ」

中沢が死者の長袖シャツや綿ズボンのあちこちを探り始める。和戸は捜査一課員として思わず制止しそうになったが、やめておいた。捜査一課員だと信じてもらえていないのにそんなことをしたら、袋叩きに遭うかもしれない。

ポケットを探り終えた中沢が、「どのポケットにも何にも入っていません」と首を振った。

「犯人が抜き取ったんだな。着ているものから何かわからないか?」

中沢は死体から防弾チョッキを外し、次いで長袖シャツの裾をめくった。だが、ネームの入っている背広でない限り、衣服から身元がわかる可能性は低いだろうと和戸は思った。

そのとき、中沢が「おおっ」と感心したような声を出した。

「この野郎、からだに晒《さらし》を巻いてますぜ。今どきカチコミのために晒を巻くなんて、あっぱれな野郎じゃありませんか」

「刺青《いれずみ》はあるか？」

ちょっと待ってください、と中沢は言い、広木に「服を脱がせるから手伝ってくれ」と声をかけた。中沢は広木に死体の上半身を起こさせ、長袖シャツを脱がせた。次いで胸から腹にかけて巻いた晒を剝ぎ取っていく。巨漢の広木は死体の上半身を楽々と支えていた。晒が完全に剝ぎ取られたが、死体の肌には刺青はまったくなかった。

「ぱっと見たところじゃ、ねえようですね」

「死亡推定時刻は？」

「オヤジ、俺は検視官じゃありませんぜ」

「すまんすまん。つい、クイーンの聖典の中にいる気分になってな」

「私は少しだったらわかるので、もっとよく見せてもらえますか」

和戸が言うと、組員たちは驚いたような顔をした。

「あんた、捜査一課員と名乗るために、法医学の勉強までしてるのか。実に感心だな」

あくまでも和戸が本物の捜査一課員だとは思っていないようだ。和戸は内心ため息をついて、死体の傍《かたわ》らにしゃがみ込んだ。法医学を学んだわけではないが、捜査一課員としてそれなりの数の死体は見ているし、これまでなぜか非番のときに何件も殺人事件に出くわしている。そのおかげで、だいたいの死亡推定時刻はわかるようになっている。

「……午後五時から六時ぐらいのあいだでしょうか」

ふむ、と組長がうなずいた。

「じゃあ、その時間帯のみんなの行動を確認しよう」

和戸は慌てて付け加えた。

「あ、でも、本当にそうかどうかはわかりません。六時よりあとかもしれない」

「煮え切らねえな。それじゃあ、念のため、午後五時から、死体の見つかった八時過ぎまでの行動を確認することにしようじゃねえか。まずは俺から。五時から七時まではずっと四階の自分の部屋にいて、誰とも会ってねえ。七時になって晩飯ができたと呼ばれて、ここに降りてきた。で、三十分ほどここにいて、また四階に上がった。そうしたら、中沢に、物置部屋で死体を見つけたと知らされたわけだ。ずっと自分の部屋にいたからアリバイはねえ」

そこで組長は小杉に目をやった。

「お前の作った晩飯のカレイの煮付け、うまかったぜ」

は、ありがとうございます、と小杉は顔を輝かせた。

「次はお前が言えよ」

組長は中沢に目を向けた。

「俺は、五時から七時頃までずっと、この部屋にいました。若狭も一緒でした。といっても、ときどきは自分の部屋に行ったり手洗いに行ったりしたから、ずっと一緒だったというわけじゃない。自分の部屋に行ったり手洗いに行ったりしたときはアリバイがないことになる。そのあと、七時から晩飯を食べて、外の様子をちょっと見に行って、八時前にまた戻ってきた。それから死体発見までずっとここにいたってわけです」

「じゃあ、若狭はどうだ？」

「俺も基本的には中沢の兄貴と同じです」

「広木はどうだ？」

巨漢の極道が言った。

「俺は、午後五時から六時過ぎにかけては、田沢組のチンピラが商店街で迷惑かけてるって連絡を受けて、収めに出てました。そのあと、三十分ほど実家に立ち寄りましてね。従妹《いとこ》が祭りを見に遊びに来ていたんで、久しぶりに会って話をしたんです。それからここに戻って、晩飯を食べて、あとはずっと一階に詰めてました」

「お前にはアリバイがあるようだな。小杉、お前はどうだ？」

「俺は、五時から六時前まで、自分の部屋で料理の本を見ていました。そのあと厨房で晩飯の支度を始めて、七時ぐらいに出来上がって、オヤジや兄貴たちに食べてもらいました。そのあとは晩飯の片づけを始めたんですが、このとっぽい坊やが迷い込んできたんで、片づけをやめて取り囲んだんです。それから若狭の兄貴に玄関前を掃くように言われて、物置部屋に箒を取りに行ったら死体を発見したというわけで……」

なるほど、と組長はうなずいた。

「死亡推定時刻は午後五時から六時頃という和戸さんの見立てが正しければ、はっきりとしたアリバイがあるのは広木だけということになるな」

「自分だけすんません……」

広木は巨体を縮めるようにして謝った。

「調べることはそれぐらいかな」

組長はうなずくと、突然、口調を変えた。

「では、諸君、発表会を始めよう」

3

和戸は驚いて組長を見たが、その顔はあくまでも真面目だ。組員たちもぽかんと口を開けて組長を見ている。

「私は常々、諸君の精神を涵養《かんよう》すべく、よき書物を薦め、学ばせてきた」

組長はここで、神棚に祀《まつ》られたエラリー・クイーンの諸作を指差した。

「今、幸いにも我々は一つの死体を手に入れた。今こそ、諸君が学んできたことを実地に活《い》かすときだ。この死体を一つの推理問題ととらえ、諸君の推理を聞かせてくれたまえ」

四人の極道はもじもじして、お互いに顔を見合わせている。

「おう、誰か推理を披露しねえか」

組長が元の口調に戻り、組員たちを見回した。まるで鉄砲玉を募るようだ。

「オヤジ、俺が推理します」

小杉が意を決したように手を挙げた。

「小杉君、よく言ってくれた。では、さっそく推理を聞かせてくれたまえ」

「俺の推理の発端は、被害者はどのようにしてうちの事務所に入り込んだのかということです」

「ほう」

「うちの事務所は、基本的に玄関にも裏口にも鍵をかけています。二階は俺と広木の兄貴、三階は中沢の兄貴と若狭の兄貴の部屋ですが、皆、窓を閉めて鍵をかけている。四階のオヤジの部屋ももちろんそうです。だから、鉄砲玉がおいそれと入り込むことはできない。入り込めたとすればそれは、内部の人間が手引きしたからです。裏口の鍵を開けて、こっそり入り込ませたんでしょう」

「なぜ、手引きして入り込ませたのに殺害したんだ？　仲間割れでもしたのか」

「この期に及んで仲間割れしたとは考えにくい。逆なんですよ」

「何が逆なんだ？」

「殺害するために、手引きして入り込ませたんです」

「……殺害するために、手引きして入り込ませた？　なんでそんな面倒なことをしなけりゃならねえんだ。殺りたきゃ普通に出かけていって殺ればいいだろう」

「犯人は出かけられなかったんです」

「どうして出かけられなかったんだ？」

「足が不自由だったからです」

一同はいっせいに、車椅子に乗った組長を見た。中沢が青筋を立てて怒鳴りつけた。

「おい、小杉！　お前まさか、オヤジが犯人だって言うつもりか！」

「へ？」

小柄な極道はきょとんとし、それから見る見るうちに青ざめた。

「す、すんません。そんなことを言うつもりはなかったんですが、ロジックに従って喋《しゃべ》ってたら、そういう結論になっちまって……」

「お前、なんてことを言いやがる！」

中沢が小杉の頭を殴りつける。だが、組長は大声で笑い出した。怒るどころか、機嫌がよさそうだ。

「いいじゃねえか。エラリーの伯父貴《おじき》も言ってるぜ、『お世話になっているのは認めます。しかしやはり、真は美であり、美は真であって、旧友かどうかなど関係ないということですよ。ぼくは純粋に、論理の実践としてあなたのことを考えました』ってな。親子の盃《さかずき》は大事だが、ロジックはもっと大事だぜ。推理を続けろや」

「オヤジ……」

　小杉は涙ぐむと、

「じゃあ、続けさせていただきやす。オヤジは前からあの男と知り合いで、あの男を殺したいと思っていた。だけど、車椅子に乗っているので、おいそれとは殺しに行くことができない。そこで、あの男を呼び寄せることにしたんです。オヤジはうちの組の誰かのふりをしてあの男に電話をかけると、天心祭の日の夜、裏口の鍵を開けておくからオヤジのタマを取りに来い、と言った。裏口から中に入ったら、まずはすぐそばの物置部屋に身を潜めておけ……。へっ、すんません、うちの組に裏切り者がいるふりをしたんで……。だけど、それはオヤジの罠《わな》でした。オヤジは物置部屋に身を潜めていて、あの男が入ってきたとたん、ナイフで刺したんです」

　組長はにやりと笑った。

「なかなか面白い推理だな。じゃあ、俺も反論するとしようか。あの男が入ってきたとたん刺したというが、ナイフは首筋に刺さっていたんだぞ。車椅子に乗った俺が、相手の首筋にナイフを刺すことができるか？　無理だろう」

「オヤジは相手にチャカを突き付けてかがませ、首筋にナイフを刺せるようにしたんだと思います」

「なるほどな」

　広木が口を挟んだ。

「お前の推理は無理があるぜ。なんでオヤジが手ずから殺らなきゃならねえんだ。俺たちに殺らせりゃいいだけじゃねえか」

「……そうですね」

小杉は詰まった。なるほど、と和戸は思った。子分にやらせればいいというのは、ヤクザの組長犯人説に対するもっとも有力な反論だ。

小杉はいきなり組長に向かって土下座した。

「オヤジ！　すんません！　指詰めますんでどうかお許しを！」

「馬鹿野郎、そんなことはせんでもいい。エラリーの伯父貴だって何度も推理を間違えてるが、そんなことはしやしねえ。お前はなかなか見どころがあるぜ。これからもロジックを追求しな」

組長は組員たちを見回した。

「他に推理のあるやつはいねえか？」

では俺が、と中沢が手を挙げた。ワトソン力に影響されているのだろうか、それとも組長の期待に応えるためだろうか。

「俺はあの男の格好を見ましてね、気になることがあったんです。防弾チョッキとチャカに見覚えがあったんですよ。うちの組で購入したものと同じなんです。もちろん、偶然の一致という可能性もある。しかし、防弾チョッキもチャカも同じというのは、偶然の一致で片づけるにはできすぎている。とすれば、考えられることは一つしかない。被害者は、うちの組の防弾チョッキとチャカを盗んで身につけたということです。確かめてみましょう」

中沢は部屋の奥のドアから廊下に出た。そのあとを極道たちと和戸が続いた。廊下に置かれたスチールロッカーの扉を開ける。

「ほら、ご覧なせえ。防弾チョッキは二着あるのに、今は一着しかない。それに、チャカがなくなってる」

極道たちはロッカーを覗き込んだ。

「ほんとだ……。あの男が盗んだのか。ふてえ野郎だ」

「考えてみりゃ、祭りの日に防弾チョッキを着てうろうろしていたら、それだけで目を付けられます。おまわりが警備のために大勢出ているんですから。とすりゃ、防弾チョッキは着てきたんじゃなく、この事務所で調達したと考える方が妥当です。でも、カチコミするのに、防弾チョッキやチャカをカチコミ先で調達するやつはいないでしょう。つまり、あの男がここに来たのはカチコミのためじゃないってことです」

「じゃあ、あの男は何しに来たんだ？」

「たぶん、あの男は、うちの誰かのダチか知り合いだったんでしょう。やばい事情があって逃げていたのを、うちの誰かが匿《かくま》ってやってたんじゃないでしょうか。俺たちは皆、上の階に部屋をもらってますから、匿おうとすれば匿えます。ところがあの男は、匿ってもらった恩を忘れて、晒や防弾チョッキやチャカを盗んでずらかろうとした。晒は匿っていたやつの私物でしょう。匿っていたやつはかっとして、あの男の首筋にナイフを突き立てたんです。

頭が冷えると、犯人は死体をこのまま自分の部屋に置いておくわけにはいかないと思った。自分の部屋で死体を見つけられたら一巻の終わりです。そこで、滅多に人の入らない物置部屋に死体を移動させた。真夜中になったらどこかに捨てに行くつもりだったんでしょう」

そこで中沢は一同を見回した。

「さて、肝心なのはここです。被害者が身につけていた晒や防弾チョッキやチャカはうちの事務所から盗んだものだった。だったら、犯人はなぜ、それらを戻さなかったんでしょうか？」

和戸ははっとした。

「晒はともかく、防弾チョッキやチャカは高価なもんです。犯人もそれは知ってたはずだ。当然、戻そうと考えたでしょう。それに、万が一、防弾チョッキやチャカがないことに気づかれたら、事務所内の捜索が始まり、死体が発見される可能性が高くなる。そうなるのを防ぐために、それらを戻しておくのは絶対に必要です。それなのに犯人はなぜ、そうしなかったのか」

中沢はもう一度、一同を見回した。推理する姿がなかなかさまになっている。

「考えられることは一つしかありゃしません。犯人は忙しくて、晒や防弾チョッキやチャカを元の場所に戻すことができなかったんです」

「……忙しかった？」

「和戸さんの話によれば、被害者の死亡推定時刻は午後五時から六時ぐらいのあいだ。一方、死体が発見されたのは八時過ぎ。六時から八時までの少なくとも二時間のあいだ、犯人は晒や防弾チョッキやチャカを戻す時間があったはずですが、そうしていない。つまり、この時間帯、ずっと忙しくしてたってことです。それに該当するのは一人しかいない――小杉、お前だ」

「俺？」小柄な極道は素《す》っ頓狂《とんきょう》な声を上げた。

「ああ、お前だ。お前は六時前から七時までは厨房で晩飯を作っていた。そのあとは晩飯の給仕と後片づけ。お前だけ、六時から八時までのあいだ、ずっと忙しくしてたんだ。つまり、晒や防弾チョッキやチャカを元の場所に戻すことができなかったのはお前だけだ」

小杉は金魚のように口をパクパクさせるだけで、言葉が出ない。代わりに、若狭が反論した。

「でも、死体を発見したのは小杉なんですよ。晒や防弾チョッキやチャカをまだ元の場所に戻していないのだったら、戻してから発見すればよかったのに」

「死体を発見したきっかけは、若狭が小杉に玄関前を箒で掃くように言ったことだったのを思い出してくれ。小杉は若狭に言われて、否応なしに箒のある物置部屋に行くことになったんだ。晒や防弾チョッキやチャカを戻していたら、時間がかかって、何をしてたんだって怪しまれちまう。そして、物置部屋の死体に気づかないのは不自然だから、そのときに死体を発見したふりをせざるをえなかった。こうして、小杉は晒や防弾チョッキやチャカを戻せなかったというわけだ」

なるほど、と優男の極道はうなずいたが、言葉を続けた。

「だけど、まだ疑問があります。防弾チョッキはかさばるから、身につけて持っていこうとするのはわかるんですが、晒までそうする必要はあるでしょうか。晒をきっちりからだに巻こうとしたら、結構手間がかかります。だけど、盗みを働いたら、すぐに立ち去りたいもんでしょう。そんな手間をかけるんだったら、晒を畳んで持ち去った方がよっぽど早いんじゃないでしょうか。被害者はなぜ、そうしなかったんです？」

「むむ……」

中沢は黙り込んだ。

4

組長が拍手をした。

「いやあ、どちらの推理も素晴らしかった。お前たちがクイーンの聖典を読み込んでくれていることがわかって、俺はうれしい。では、そろそろ俺も推理を披露させてもらおうか」

そこでいきなり口調を変える。

「私は、被害者が本当にカチコミに来たのかを疑うようになりました。疑うようになった理由は三点あります。

第一は、先ほど中沢君が言ったように、祭りの日に防弾チョッキをつけてうろうろしていたら、警備に出ている警察官にすぐに目を付けられてしまうというものであります。祭りの日にこんな格好でカチコミをするとは考えにくい。

第二は、誰も被害者を返り討ちにしたと名乗り出ないことであります。もしカチコミに来た被害者を返り討ちにしたなら、他の組員たちに隠す必要はないはずです。それは立派な行為であり、組を挙げて支援すべきものです。いつもお世話になっている弁護士の先生に頼んで、正当防衛、悪くても過剰防衛を主張してもらいますし、なんなら皆で協力して死体をこっそり始末してもいいのであります」

おう、その通りでさあ、と組員たちが力強くうなずいたので、和戸は居心地が悪くなった。

「第三は、被害者は刺青をしていないことです。ここから、極道ではなく素人衆である可能性が高いと思われます。素人衆が晒を巻き、防弾チョッキを着て、チャカを手にしてカチコミをするでしょうか？　とうていありえません。

以上の三点から、私は被害者がカチコミに来たのではないと結論づけました。では、被害者はカチコミに来たのではないのになぜ、カチコミの格好をしているのでしょうか。それは、犯人が、い、い、い、い、い、い、カチコミの格好をさせたからであります、い、い」

意外な結論に、極道たちはどよめいた。

「では、犯人はなぜ、カチコミの格好をさせたのでしょうか。それを問う前に、被害者がもともとどんな格好をしていたかを考えてみましょう。私たちが被害者を見てカチコミだと思ったのは、三つの要素によるものです。晒と、防弾チョッキと、チャカです。このうちの一つまたは複数が、犯人の偽装によるものです。では、それはどれか。防弾チョッキとチャカは簡単に偽装できるものです。チョッキを着せるのは割と簡単にできますし、チャカを持たせるのはもっと簡単です。一方、被害者に晒を巻くのは大変です。着ている服をいったん脱がせ、晒をきつく巻き、また服を着せなければなりません。しかし、立った状態ならともかく、死んで横になった状態の人間に晒をきつく巻くのは至難の業です。とすれば、晒のみは被害者がもともとからだに巻いていた――防弾チョッキとチャカが犯人の偽装だったと考えてよいでしょう。

つまり、被害者はもともと晒をからだに巻きつけており、その状態では犯人にとって不都合だったため、被害者に防弾チョッキを着せ、チャカを持たせて、カチコミに偽装したということです。

では、被害者がもともと晒をからだに巻いていたことがわかると、なぜ、犯人にとって都合が悪いのでしょうか。現代の人間が、カチコミ以外に晒を巻きつけるとはどういうことでしょうか。それを考えてみましょう。――若狭君、わかりますか」

組長にいきなり話を振られた優男は目を白黒させた。

「わ、わかりません」

「現代の人間がカチコミ以外に晒をからだに巻きつける場合として考えられるのは、お産の安産祈願として、あるいは産後の体形を整える矯正具として用いる場合や、女性が着物を着る際に胸の周りに巻く場合であります。しかしこれらはいずれも女性の場合であり、男性である被害者には当てはまりません。とすれば、考えられる可能性は一つしかありません――被害者は、祭りに参加していたのです」

「――祭り？」

その場にいる者たちは全員、オウム返しに言った。

「そう、祭りであります。皆さんご承知の通り、祭りのときは素人衆も晒をからだに巻きつけ、法被を着ます。そして本日、この町では、日本七大祭りの一つ、天心祭が開催されています。被害者は天心祭に参加したのだと考えられます。そして、カチコミの偽装をした以上、犯人は被害者が天心祭に参加していたことを隠したかったということになります」

「どうして隠したかったんです？」

組長はにっこりと笑った。はっきり言って怖い。

「いい質問です。犯人はなぜ、被害者が天心祭に参加していたことを隠したかったのでしょうか。私はこう考えました――被害者が死亡したのは天心祭に参加したためであり、それが明らかになると天心祭が打撃を受けるからだ、と」

「……天心祭に参加したから死亡した？　どういうことですか」

「祭りに参加して死亡といえば、神輿や山車を激しく動かしたことによる事故が思い浮かびますが、天心祭にはそうした激しい要素はない。とすれば、考えられるのは食中毒です」

「食中毒？」

「お祭りには食べ物がつきものです。被害者はその食べ物で食中毒を起こし、死亡したとしたらどうでしょうか。天心祭は大変な打撃を受けることになります。それを防ぐために、犯人は被害者が天心祭に参加したことを隠そうとしたのです。そのために、法被を脱がせ、普通の服を着せたうえで、カチコミの格好をさせ、私たちの事務所に死体を置きました。これは、晒を巻いていた理由を隠すことの他に、カチコミの格好をさせておけば、私たちが他の組との抗争を恐れて警察に届けず、こっそりと死体を始末してくれるという目論見《もくろみ》もあったのでしょう。

では、犯人は誰でしょうか。犯人は、天心祭で食中毒が起こったことを知られては困る人物であります。考えられる人物はただ一人——近所の魚料理店の息子、広木君であります」

広木はびくっとして身を固くした。

「祭りのあと、お前は実家から携帯で連絡を受けたんだ。祭りの参加者が来店したが、食中毒を起こしてそのまま死んでしまった、どうしようってな。たぶん、フグ中毒だろう。このままじゃ営業停止になるかもしれない。お前の実家みたいな小さな店が営業停止になったら死活問題だ。天心祭も打撃を受けるだろう。家族思いのお前は、俺に任せておけと請け合った。被害者の死亡推定時刻である午後五時から六時にかけてお前にはアリバイがあったが、実際には食中毒で死んだわけだから、アリバイは関係なかったんだ。

お前は死体を背負って事務所に運び込んだ。玄関から入れたんじゃ目立つから、裏口から運び込んだんだろう。お前の実家は事務所の裏手にあるから、人目につく心配はほとんどなかった。事務所の防弾チョッキを着せ、チャカを手に持たせると、首筋にナイフを刺して刺し殺されたように見せかけた。ほとんど血が流れていなかったが、あれは死体を刺したからだ。こうしてカチコミの格好をさせて祭りの参加者であることを隠し、同時に、俺たちに死体の始末をさせようとした。それにしても、俺たちに相談せずに死体を始末させようなんて水臭いじゃねえか。一言、言ってくれりゃあ、喜んで死体の始末に協力したのに」

「オヤジ……」

広木は目を潤ませた。

「迷惑かけたうえに、今まで黙っていてすいやせん。警察に自首します」

「そうだな。できれば死体を始末したいところだが、こちらの和戸さんにも犯人を自首させると約束しちまったからな。任俠は約束を守らなくちゃいけねえ」

そして組長は言った。

「それでは、あの言葉で締めくくろうか。Quod erat demonstrandum――証明終了」


【引用出典】

『スペイン岬の秘密』エラリー・クイーン著／越前敏弥、国弘喜美代訳（角川文庫）

第三話
リタイア鈍行西へ

1

台風一過の青天だった。

十月二十日。前日の暴風雨が嘘《うそ》のように空は晴れ渡っている。

鯉川《こいかわ》鉄道春野《はるの》駅のホームには、古い気動車が一両だけ停まっていた。

かつてJRで、そしてその前の国鉄で使われていたらしい車両だ。一両のみで、車両の両側に運転台がある。

和戸《わと》が乗り込むと、座席は進行方向に向かって設置された二人掛けのクロスシートだった。車両の真ん中辺りの席に座り、背負っていたリュックサックを下ろす。和戸が最初で、車内には他に誰もいなかった。

続いて、七十代に見える夫婦が乗り込んできた。夫は山高帽をかぶって、昔風の大きな太縁眼鏡をかけている。右手で眼鏡を押し上げる仕草がどこか退職した大学教授を思わせて、さまになっていた。妻の方はニット帽をかぶり、上品な顔立ちをしている。二人とも仕立てのよいオータムコートを着て、鉄道会社のフルムーン旅行の宣伝に使えそうな雰囲気だった。二人は進行方向の運転台のすぐ後ろに座った。

三番目に乗り込んできたのは、ダウンジャケットを着た三十代の男性。首からカメラをぶら下げている。鉄道マニアなのだろうか。後方の座席に腰を下ろした。

四番目と五番目は、八十代に見える男性。連れではないようで、和戸の近くの別々の席に座った。

六番目は、二十代初めの女性。驚くほどきれいで、人を惹《ひ》きつけるオーラを漂わせている。最後列に座ると、懐かしそうに車内を見回した。目が合ってしまい、和戸は慌てて視線を逸《そ》らせた。

最後に運転士がキャリーバッグを引きながらやって来た。長身に制服がよく似合っている。運転台にハンドルを取り付けると、マイクを手にした。

「本日は、鯉川鉄道をご利用いただきありがとうございます。間もなく発車いたします」

運転士がスイッチ操作でドアを閉め、運転席に座った。車両が気動車特有のエンジン音とともにゆっくりと動き始めた。ワンマンカーなので運転士が車掌も兼ねている。

車両は春野駅周辺の住宅地を抜け、すぐに田園地帯を走り始めた。遠くに見える山並みを目指して進んでいく。

和戸は久しぶりに取れた休暇で、中国地方に旅行に来ていた。東京という大都市で来る日も来る日も捜査に明け暮れるのにうんざりし、たまには田舎を満喫したいと思ったのだ。

スマートフォンを見ると、片瀬《かたせ》つぐみからLINEが来ていた。つぐみは警視庁警備部のSATに所属している。一昨年の十二月に雪のペンションで起きた殺人事件で知り合い、その後、和戸が監禁された際に助けられたり、一緒に映画を観に行って殺人事件に遭遇したりした仲だった。

モデルのような容姿だが、豹《ひょう》を思わせる迫力がある女性だ。つぐみは和戸がとある特殊能力の持ち主であることを知っており、和戸に何かと興味を示している。

つぐみは和戸が休暇を取って旅行していることをうらやましがっていた。ＳＡＴは、テロ組織〈ケイオス〉の事件に駆り出されていた。〈ケイオス〉は東京都内の研究施設から猛毒〈オリエントキシン〉を盗み出したが、そのときにメンバーの一人が捕まった。そのメンバーから〈ケイオス〉のアジトを聞き出した警視庁は、ＳＡＴにアジトを急襲させたが、残りのメンバーは逃亡しており、もぬけの殻だった。

捕まったメンバーは、〈オリエントキシン〉の使い道についても尋問されたが、彼自身、詳しいことは知らされていなかった。使い道は最高幹部しか把握していなかったのだ。ただ、〈オリエントキシン〉をどこかの貯水池に撒いて上水道を汚染させるとだけ聞いていたという。警視庁はただちに、管内である東京都内の貯水池の警備を開始した。警視庁から報告を受けた警察庁は、各府県警にも同様に管内の貯水池の警備を始めるよう指示した。

〈ケイオス〉の最高幹部は男性三人、女性一人の四人だった。いずれも三十代で、他のメンバーの前ではいつも互いを「スプリング」、「サマー」、「オータム」、「ウィンター」と呼んでいたという。「スプリング」、「サマー」、「オータム」が男性、「ウィンター」が女性だった。

事件のことは、ここ数日、さかんに報道されていた。和戸は、捜査一課がそんな物騒な事件とは無関係でいられることにほっとした。テロ組織は苦手だ。普通の殺人事件を相手にしていたい。

車両は夏村《なつむら》駅、秋谷《あきたに》駅と停車していったが、乗ってくる客は一人もいなかった。鯉川鉄道の経営が心配になってくるほどだ。乗ってくるどころか、八十代に見える男性の一人が冬川《ふゆかわ》駅で降りていった。客室にいるのは、和戸、フルムーン旅行風の夫婦、八十代の老人一人、若い女性、首からカメラを下げた男性の六人になった。

車両は山々を縫うようにしてゆっくりと走っていく。窓の外の光景を見ているうちに、和戸は眠くなってきた。連日の捜査の疲れと長旅の疲れが出てきたようだった。

2

不意にからだが前方に投げ出され、頭を何かにぶつけて和戸は目を覚ました。

からだを前方に押しやろうとする力が依然として働き続け、それとともに甲高く耳障りな音が響いている。誰かが悲鳴を上げているのも聞こえる。

からだを起こして周りを見回すと、窓の外を流れていた風景が急速に止まろうとしていた。それでようやく、車両が急ブレーキをかけたのだとわかった。やがて車両は完全に停まった。

「どうしたんじゃ⁉」「何があったんですか⁉」

あちこちの座席からそんな声が聞こえてくる。

「お客様、大変申し訳ありません。前方で土砂崩れが発生したため、急ブレーキをかけました」

運転士のアナウンスが流れた。

土砂崩れ？　立ち上がると、車両前方の線路が土砂で埋まっているのが見えた。土砂は車両から数メートルしか離れていないように見える。車両はぎりぎりのところで停まったようだ。

線路の左手は切り立った崖になっていた。昨日の台風で地盤が緩み、土砂崩れをもたらしたようだ。

「土砂崩れがまた起きる危険性がありますので、お客様は車両から降りていただくようお願いいたします。ただ今から避難用梯子《はしご》を設置いたします」

運転士は梯子を持って乗務員室から出てくると、車両前方、進行方向右手の扉を手で開いた。梯子を伸ばして固定する。

「どうぞ、下りていただけますか」

運転士は、最後列の座席にいる二十代初めの女性に声をかけた。

「いえ、わたし、最後で結構です。お年寄りの方を先に……」

「お年寄りの方が下りる途中で落ちたりしたときのために、若い方に下で待っていただいた方がよいので、若い方からお願いいたします」

そう言われて、女性は座席からドアまで足を運ぶと、身軽な動作で梯子を下りていった。

続いて和戸が運転士に指名され、梯子を伝い下りた。線路の右手には川が流れている。これが、鉄道の名前の由来となった鯉川だろうか。地上から見上げると、車両は思った以上に巨大に見えた。

三番目に、首からカメラを下げた三十代の男性が下りてきた。傍《はた》で見ていても危なっかしい下り方だった。

四番目は八十代の男性。はっきり言ってカメラの男性よりもよほど身軽な下り方だ。山間部に住んでいる老人は足腰の鍛え方が違うのかもしれない。

五番目に、フルムーン旅行風の夫婦のうち妻の方が下りてきた。続いて夫。二人ともやはり軽快な動きだ。日頃からフィットネスクラブにでも通っているのだろうか。

車両の窓越しに、運転士の頭がゆっくりと前方から後方へ移動しているのが見えた。車内に残っている乗客がいないか確認しているのだろう。

やがて、運転士が扉の戸口に現れ、梯子を下りてきた。どうしたのか、顔がこわばっている。

「……車内に男性のご遺体があります」

「どこにですか？」と和戸は問いかけた。

「進行方向反対側の乗務員室の中です。見たところ……殺されているようです」

「――殺されている？」

和戸は梯子を上って、車両に戻った。

「あ、お客様、車両から降りてください」運転士が慌ててあとをついてくる。

「すみません。私は警視庁捜査一課の者です」

和戸が言うと、運転士は見るからに疑わしげな顔をした。慣れているとはいえ、がっくりくる。そんなに刑事らしく見えないのだろうか。

乗務員室は、左手が運転士席、右手が助士（車掌）席で、中央に客室と乗務員室との仕切り扉がある。運転士席側は床から天井まで仕切り壁があるが、助士席側は仕切り壁が低く、客室の座席の背もたれぐらいまでの高さしかない。だから、助士席側に近づくと、乗務員室の中がよく見えた。

運転士席のすぐそばから助士席のすぐそばまでの空間を占めて、男の死体が仰向《あおむ》けに倒れていた。容貌からすると、三十代だろうか。灰色の薄手のセーターと青いジーンズを身につけている。左胸にナイフが突き立ち、ナイフより下の部分が赤黒く染まっていた。

「土砂崩れを運転指令所に伝えたところ、冬川駅に戻るように連絡が入ったんです。それで、車両を反対方向に走らせるためにこちらの乗務員室に入ろうとしたら、死体が……」

「――見たことのない人ですね。運転士さんはご存じないですか」

「初めて見るお客様です」

「私がスマートフォンで遺体の写真を撮るので、お知り合いかどうか、他の乗客の皆さんに確認していただいてはどうでしょうか」

和戸はスマートフォンを取り出すと、死体の写真を撮った。見たところ、荷物は持っていないようだ。旅行者ではなく地元の人間だろうか。

身元を示すものを持っていないかと思い、死体の胸ポケットやジーンズのポケットを探った。

だが、何も入っていなかった。携帯も財布もない。この二つがないのは明らかにおかしい。犯人が抜き取ったとしか考えられない。その目的は、被害者の身元を隠すことだろう。携帯は個人情報の塊だし、財布には身元を示す免許証やクレジットカードなどが入っている場合がある。

和戸はまた車両を降りると、他の乗客たちに被害者の顔写真を見せた。皆、恐る恐る見て、知らない人だと口々に言う。

八十代の男性が首をかしげた。

「この人はいったい何で、乗務員室に隠れとったんじゃろうか」

「鉄道マニアで、乗務員室からの風景を眺めたかったとか」

フルムーン旅行風夫婦の夫が腕組みをする。

和戸は言った。

「進行方向側の乗務員室だったら、風景を眺めるというのもわかりますが、進行方向反対側だったら、風景としての魅力はあまりないんじゃないでしょうか。それに、鉄道マニアだったら、望遠レンズ付きのカメラなどを持っているんじゃありませんか。被害者はカメラの類を何も持っていませんでした」

「ストーカーじゃないかしら」

今度はフルムーン旅行風夫婦の妻が言った。

「ストーカー？」

「被害者は、ここにいる誰かをずっとつけ回していたんです。でも、この車両みたいに一両しかなかったら、相手に気づかれてしまうかもしれない。そこで被害者は、気づかれないよう、進行方向反対側の乗務員室に隠れた」

「ストーカーか。いいことを言うじゃないか」

フルムーン旅行風夫婦の夫がうんうんとうなずく。

なるほど、と和戸も感心した。乗務員室の右半分、助士席側は仕切り壁が低いから、侵入しようと思えば侵入できる。そして、乗務員室の床に座り込んでいれば、客室からは見えない。ストーカーが隠れるには打ってつけかもしれない。

こうして推理が披露されるということは、どうやらワトソン力が働き始めたようだ。

「じゃあ、誰をストーキングしていたんでしょうか」

和戸が言うと、一同はお互いを見回した。八十代の男性、フルムーン旅行風の夫婦、三十代の男性、和戸。いずれもストーキングされそうには見えない。とすれば、ストーキングされていたのは――。

「……わたしかもしれません」

二十代初めの女性がおずおずと言った。

「あの男性にストーキングされたことがあるんですか」

「いえ、初めて見る人です。でも、わたし、これまで何度もストーキングされているので……」

「それは穏やかじゃありませんね」

そこで和戸は、彼女をどこかで見たことがあるのに気がついた。テレビのＣＭだっただろうか。

「もしかして、アイドルの方ですか」

はい、と彼女は恥ずかしそうにうなずいた。

「三沢梨花《みさわりか》といいます」

「マネージャーさんなどはいないようですが、お仕事ではなくプライベートですか」

「はい。終点の四季町《しきちょう》出身で、帰省の途中なんです」

「おお、四季町出身のアイドルがいるちゅうのは聞いたことがあるぞ。あんたがそうじゃったか」

八十代の男性が目を細める。

「わしは原口泰造《はらぐちたいぞう》いうもんじゃ。四季町に住んどる」

「存じています。わたしが通っていた小学校の隣におうちをお持ちですね」

「おお、知っとったか。うれしいのう」

原口は相好《そうごう》を崩した。それから一同を見回すと、

「皆さんも自己紹介してはどうかな。名前がわからんとお互いに喋《しゃべ》りにくいじゃろう」

「玉川哲治《たまがわてつはる》です」

フルムーン旅行風夫婦の夫が言い、太縁眼鏡を左手で軽く押し上げた。

「妻の冨美子《とみこ》です」

その横でニット帽の角度を直しながら言う。

「ぼ、僕は田島直樹《たじまなおき》といいます」

そう言ったのは三十代の男性だった。

最後に和戸も名乗った。

「ところで、被害者がストーカーだったとして、ストーカーがストーキングの対象に危害を加えるのは——三沢さんを前にして言いづらいのですが——よくあることですが、ストーカーが危害を加えられるというのは珍しいですね。いったい誰がストーカーに危害を加えたんでしょうか」

「三沢さんのファンじゃな」

と原口。

「犯人は乗務員室に隠れているストーカーを見つけて、三沢さんを守るために殺害したんじゃ」

「なるほど、その可能性が高いですね」

「次に問題になるのは、犯人はいつ、被害者を殺害したのかということじゃ。走行中は、助士席のすぐ前の席に三沢さんが座っていた。だから、走行中に助士席に近づこうとすれば、彼女に必ず気づかれたはずじゃ。だから、走行中に殺害された可能性はない。では、走行中ではない場合、いつなのか。考えられるのは、発車前じゃ。発車前、車両のドアはかなり前から開けられている。そのときに犯人と被害者が乗り込み、進行方向反対側の乗務員室で犯行に及ぶことは可能じゃ。——で、最初に車両に乗り込んだのは誰かのう?」

3

一同は顔を見合わせた。

「……私です」と和戸は言った。「私が、最初に乗り込んだと思います」

「じゃあ、あんたが犯人ということじゃ。あんたは乗務員室に隠れているストーカーに気づき、将来の禍根を絶ったというわけじゃ」

ワトソン力が働くのはいいが、自分が犯人だと指摘されるのはありがたくない。

「ですが、犯人は私より前に乗り込んで、被害者に気づいて殺害し、そのあといったん車両を出て、しばらくして何食わぬ顔でまた乗り込んだという可能性も考えられます」

「確かにその可能性もあるの」

そこで田島が口を挟んだ。

「走行中に殺害された可能性はないとしても、発車前とは限らないんじゃないでしょうか。停車後も犯行は可能です」

「――停車後？」

「運転士さんが僕たちを降ろし、車内を点検して死体を発見しました。でも、本当はあのとき、被害者はまだ生きていて、運転士さんが早業殺人をしたとしたらどうでしょうか」

運転士はぎょっとした顔になり、「私は犯人じゃありません！」と手を振った。

その可能性はありません、と和戸は言った。

「死体の状況からして、死後、十分以上は経《た》っています。早業殺人をしたのだったら、死体はもっと新しいはずです」

「どうしてそんなことがわかるんじゃ。あんた医者か」

「実は私、警視庁捜査一課の捜査員なんです」

「——捜査一課？」

先ほどの運転士と同様、その場にいる者たちが疑わしそうな顔をしたので、和戸はがっくりきた。頼りなさそうな童顔のせいで刑事には見えないらしい。

「警察手帳は持っとるかの。拳銃は？」

「非番ですから、持っていません。どちらも厳重に管理されていて、非番のときに持ち歩くことは許されていません」

「本当かの」

「本当です」

警察官が日頃、警察手帳や拳銃を持ち歩いているわけではないことを、もっとPRしてもらわなければ。今度、係長に相談してみよう、と和戸は心の中でメモ書きする。

そこで運転士が咳《せき》払いをした。

「犯人がわかったような気がします」

ワトソン力は運転士にも及んでいるらしい。

「被害者は、進行方向反対側の乗務員室に隠れていました。犯人がそれに気づいたということは、犯人は乗務員室を覗《のぞ》き込んだのだと考えられます。ですが、普通、進行方向反対側の乗務員室を覗き込んだりはしません。覗き込むのは鉄道マニアぐらいのものでしょう。では、この中で鉄道マニアは誰でしょうか」

一同の視線が、首からカメラを下げた人物に注がれた。

「そう、田島さんです。田島さんは和戸さんより前に車両に乗り込んで、車内を隅々まで観察していたのです。進行方向反対側の乗務員室を覗いたところ、そこに隠れていた被害者に気づいた。被害者はとっさに田島さんに襲いかかる。二人でもみ合っているうちに、田島さんは奪い取ったナイフを相手に突き立てていた……」

「ぼ、僕は鉄道マニアじゃありません。乗務員室に興味はありません」

「じゃあ、首から下げてるカメラは何なのですか」

「僕は野鳥専門のカメラマンなんです。このカメラは野鳥を撮影するためです」

「本当ですか」

「本当です。ほら、見てください」

田島はカメラのデジタル画面に、これまで撮った画像を次々と表示させた。確かに、鳥の画像ばかりで、鉄道のものは一枚もない。野鳥専門のカメラマンだというのは本当のようだ。

「だから、車内を隅々まで観察するために誰よりも早く乗り込んだりはしないし、乗務員室を覗き込むことはないし、隠れている被害者に気づくこともありません。犯人じゃありません」

「……確かに、そのようですね」

運転士は「失礼しました」と田島に頭を下げた。

「わたしにも犯人がわかったような気がします」

そう言ったのは、フルムーン旅行風夫婦の玉川富美子だった。

「皆さん、車両の発車前に犯行が行われたという前提で推理されているけれど、そうでしょうか」

「そうお考えではないんですか」

「発車前に犯行を行ったのだったら、この車両に乗り込んだりはせず、さっさと逃げ去ったのではないかしら」

「……確かに、そうですね」

「だから、この中に犯人がいるとすれば、犯人は逃げ去ることができなかったということ。どうして逃げ去ることができなかったかといえば、犯行が行われたのが走行中だったからです。走行中だったら、乗客は皆、前方や横の景色を眺めていて、一番後ろの進行方向反対側の乗務員室には目を向けないでしょうし、気動車のエンジン音のせいで、少々の物音がしてもかき消されてしまうでしょう。そして、走行中に犯行が行われたのだとすれば、犯人は明らか。進行方向反対側の乗務員室の一番近くに座っていた人が犯人よ」

「……わたしですか」

三沢梨花がびっくりしたように言う。

「そう、あなたが犯人。ストーカーの死を願うのは、ファンだけじゃない。何より、ストーカーに狙われている本人が、ストーカーの死を願うのではないかしら。あなたは被害者を初めて見たと言ったけれど、本当は何度もストーキングされていたんじゃない？　走っているときにふと後ろを振り向いたあなたは、乗務員室に隠れているストーカーに気がついた。耐えられなくなったあなたは、にっこり笑って相手に近づき、油断させると、護身用のナイフを突き立てた」

4

すると、三沢梨花はにっこり笑って言った。

「わたしは犯人じゃありません」

「あなたが犯人じゃないという証拠はある？」

「わたしが犯人じゃないことを示すには、別の人が犯人であることを示すのが一番です。これから、わたしの推理を披露させてください」

彼女もワトソン力の影響を受けているようだ。

「推理は、車両の中で聞いていただきたいんです。推理に必要ですから」

そう言われて、一同は梯子を上って車内に戻った。

「わたしの推理の発端となったのは、和戸さんに見せていただいた被害者の画像です」

「――被害者の画像？」

「ナイフの突き立った左胸の辺りを見ると、ナイフより下の部分が血で赤黒く染まっていました。つまり、血は傷口から下に流れています」

実際に見てみましょう、と彼女は言って、進行方向反対側の乗務員室を覗き込んだ。恐ろしいほどの胆力だ。アイドルをしていると度胸がつくのだろうか。和戸と三沢梨花以外の者たちも恐る恐る覗き込む。

「確かにそうなっているわね」と玉川冨美子が言った。「でも、それがどうしたの？」

「おかしいと思いませんか。被害者は乗務員室の床に横たわった状態だったんです。その場合、血は傷口からほぼ均等に、同心円状に広がっていたでしょう。でも、実際には、血は傷口から下に流れています。そうなるには、少なくとも死体の上半身はしばらくのあいだ直立した状態でなければなりません。ここからわかるのは、被害者は乗務員室以外の場所で、少なくとも上半身が直立した状態で刺され、血が流れたあと、乗務員室に移されたということです」

「乗務員室以外の場所で刺された？　どこかしら」

「この車両の中で、乗務員室以外で、上半身が直立した状態にある場所といえば、客室の座席しかありません。被害者は座席に座っているときに刺されて死亡したんです」

「乗務員室にも、運転士の座席があるけど」

「運転士の座席は、すぐ前に運転台があって狭いので、犯人がナイフを振り回すのは難しかったでしょうし、運転士の座席は客室の座席と違って幅が狭く背もたれも小さいので、死体はすぐに転げ落ちてしまい、血が傷口から下に流れるほど長く直立した状態にはなかったでしょう。そうしたことから、死体は客室の座席に座っていたと考えるのが妥当です」

「乗務員室のことをよく知っているのね」

「わたし、中学高校時代は毎日、この車両に乗って通学していたんです。しょっちゅう運転士席の後ろに立って前の風景を眺めてました」

そうだ、彼女は終点の四季町の出身だと言っていた。

「被害者は乗務員室に隠れていたからストーカーだと思われましたが、乗務員室に隠れていたのではなかったのなら、ストーカーという前提そのものが崩れることになります」

「じゃあ、死体が座席ではなく乗務員室にあったのはどうして？」

「何者かが移動させたからです」

「何者？　犯人かしら」

「それはまだわかりません。まずは、死体をいつ、座席から乗務員室に移動させることができたかを考えてみましょう」

「わたしたち乗客がいるときは、移動させることはできないわね」

「はい。だから、乗客がいないときということになります」

「乗客がいないときというと、発車前?」

「他の乗客がまだ乗車していないとき、犯人と被害者しかいないときに犯行に及んで、死体を座席から乗務員室に移動させたのかもしれません。だけど、わたしが犯人という説で玉川さんがおっしゃったように、被害者が殺されたのは車両の走行中である可能性が高い。だから、発車前に死体を座席から乗務員室に移動させたという可能性は低いと思います」

「じゃあ、いつ移動させたの」

「乗客がいないときはもう一つありました——土砂崩れで車両が停まり、乗客が車両の外に避難したあとです」

「……え?」

「あのとき、乗客が全員、降りたことで、見られることなく死体を移動させるチャンスがただ一人に訪れました」

和戸は思わずその「ただ一人」——運転士を見た。

「運転士さんは、乗客が全員降りたあと、車両前方から後方へ歩いていました。車両に残っている乗客がいないか確かめているように見えましたけど、本当は、死体を座席から進行方向反対側の乗務員室に引きずっていたんです。車両の窓は地上からずっと高い位置にあるから、地上にいるわたしたちから見えたのは、運転士さんの頭だけ。死体を引きずっているところは見えませんでした。ちなみに、引きずるとき、後ろ向きに引きずったら、地上から見える頭が後ろ向きに移動しているとわかり、乗客がいないか確かめているにしては変だと思われますから、前を向いて後ろ手に引きずったんだと思います」

「確かに、運転士さんには死体を移動させる機会がありましたね」

しかしそこで、和戸はおかしなことに気がついた。

「でも、座席から乗務員室に死体を移動させるというけれど、そもそも座席には被害者は座っていませんでした。僕は車両に乗り込んだ人を全員見ていたから、確かです」

「被害者は、お年寄りに変装していたんです」

和戸は思わず玉川夫妻と原口を見た。彼ら自身もお互いをじろじろと見た。

「……お年寄りに変装していた？　どうしてですか。それに、被害者がお年寄りに変装していたのだったら、被害者が死体となって見つかった以上、お年寄りが一人減るはずですが、実際には減っていない。それはどうしてですか」

「お年寄りに変装していた理由は後回しにさせてください。お年寄りが一人減るはずなのに減っていないのは、別の人物が入れ替わりにお年寄りに化けたからです」

「……別の人物？」

被害者と入れ替わった人物は誰なのか。三人の老人のうち、玉川冨美子は女性だから違う。残りの二人のどちらかが、被害者と入れ替わった人物なのか。和戸は彼らが車両に乗り込んだときの記憶を探ったが、「お年寄り」というカテゴリーに入れて、それ以上の注意は払っていなかったので、そのときの老人と、今、目の前にいる老人が別人かどうかは判断できなかった。

「まずは被害者を殺害した犯人を特定しましょう。先ほど言ったように、被害者は老人に変装していました。でも、死体で見つかったときは素顔でした。変装が取り去られたんです。自分で変装を取り去るとは思えませんから、別の人が取り去ったことになります。では、誰が取り去ったのでしょうか。死体を移動させた運転士さんでしょうか。でも、変装を取り去るには結構時間がかかります。運転士さんは死体を移動させるのに手一杯で、変装を取り去る時間はなかったでしょう。だから、変装を取り去ったのは運転士さんではありません」

「じゃあ、誰なんです？」

「殺人犯です。殺人犯は犯行後、座席に座りながら被害者の変装を取り去ったんです。車両の座席はクロスシートですから、背もたれで隠されて、前後から気づかれる恐れはありませんでした。では、殺人犯は誰でしょうか。走行中に被害者を殺害したから、被害者のそばにいた人間である可能性が高い。また、被害者の変装を解くにはそれなりの時間がかかったはずですから、ずっと被害者のそばにいなければならない。お年寄りのそばに誰かがずっといたという状況に該当するのは、こちらの玉川夫妻だけです。ご主人の方が被害者、奥様の方が殺人犯ということになります」

和戸はフルムーン旅行風夫婦を見た。

「今、ご主人となっているのは、最初に見た方とは別人です。山高帽と太縁眼鏡とオータムコートという特徴に目がいって、顔そのものの違いに気づかなかったんです」

「ば、馬鹿なことを言うな！　私は本物だ！」

「夫」がうろたえたように言い、左手で眼鏡を押し上げる。

和戸はそこで、「夫」の利き手が変わっていることに気がついた。最初、「夫」を見たときは、右手で眼鏡を押し上げていたのに、今は左手で押し上げている。別人なのだ。

「被害者は薄手のセーターにジーンズという格好でした。今の時期、都心ならこれでいいかもしれませんが、この山間部では寒すぎます。この上に上着が必要です。被害者がそうしたものを身につけていなかったのは、別人に変装して着ていた上着を、変装を解くとともに脱いだからです。

車両から乗客を避難させるとき、運転士さんは、『お年寄りの方が下りる途中で落ちたりしたときのために、若い方に下で待っていただいた方がよいので、若い方からお願いいたします』と言いました。もっともらしい言葉ですけど、本当は、『若い方』――わたしや、和戸さんや、田島さんに、玉川夫妻のご主人の姿がないことや、別人がご主人に成り替わろうとしている姿を見られないためだったんです」

「その別人というのは誰なんです?」

「冬川駅で降りたお年寄りです。あの方はプラットフォームに降りましたけど、車両後方に歩いていき、わたしたちの視界の外に出るとすぐに、乗務員扉から、進行方向反対側の乗務員室にこっそりと乗り込んだんです。そこに隠れておき、土砂崩れのあと、『玉川哲治』さんに成りすましました」

「よくそんなでまかせが言えるものね」

玉川冨美子が憎々しげに言う。

そのときだった。

三沢梨花が突然、玉川富美子に体当たりを食らわせた。開いた扉のすぐそばにいた玉川富美子はバランスを崩し、悲鳴を上げて外に落ちていった。

「な、何をするんですか！」

和戸は三沢梨花に詰め寄った。それより早く、『玉川哲治』が彼女につかみかかろうとする。三沢梨花が身軽によけると、『玉川哲治』はたたらを踏んだ。三沢梨花が彼の尻を蹴飛ばすと、『玉川哲治』も悲鳴を上げながら落ちていった。

地面に落ちたフルムーン旅行風夫婦は、足を挫《くじ》いた様子もなく、素早く立ち上がった。どう見ても七十代の男女の動きには見えない。

「梯子を上げてください！」

三沢梨花が和戸に言い、和戸はわけがわからないまま彼女とともに梯子を引き上げた。「やめろ！」と言って運転士が襲いかかってきたが、田島が首に下げていたカメラを振り回すと、それが運転士の顎に当たり、運転士はその場に倒れた。

「扉を閉めて発車させてください！」

三沢梨花が原口に叫ぶと、老人はうなずいた。乗務員室まで駆け、スイッチを操作して扉を閉め、運転台からハンドルを抜き取ると、進行方向反対側の乗務員室まで駆けていき、死体をどかし、そちらの運転台にハンドルを取り付ける。ハンドルを動かすと、車両はゆっくりとバックし始めた。

「わしが昔、運転士をしとったこと、よう知っとるなあ」

原口がハンドルを握りながらうれしそうに言う。

「小学生のとき、先生に聞きました。小学校のお隣のおうちの人は、昔、鯉川鉄道の運転士さんだったって」

フルムーン旅行風夫婦がわめきながら追いかけてきたが、気動車は速度を増し、二人の姿はすぐに見えなくなった。運転士はあいかわらず床に倒れたままだ。

田島が首をかしげた。

「それにしても、玉川冨美子さん、その夫に変装していた被害者、被害者と入れ替わったお年寄り、運転士、四人もの人物が犯行に加担するなんて、どういうことですか」

三沢梨花が言った。

「四人は、〈ケイオス〉の最高幹部なんです」

5

「――〈ケイオス〉の最高幹部？　研究施設から猛毒を盗んで逃走中だってテレビで言ってたあのテロ組織ですか」

「〈ケイオス〉の最高幹部は四人で、三十代の男性三人と女性一人だそうです。今回の事件で犯行に加担したのも同じく男性三人と女性一人でぴったり当てはまります。今回の事件の犯人四人のうち、玉川冨美子さんと名乗る女性、その夫を演じていた男性、冬川駅で降りるふりをした男性の三人はお年寄りに変装していましたが、これも、逃走中のテロリストだと考えればしっくりきます」

和戸はそこで、車両から梯子で地上に下りるとき、玉川哲治と冨美子の動きがいずれも身軽だったことを思い出した。あれは、日頃フィットネスをしているからではなく、老人ではなかったからだったのだ。

「また、四人のうちの一人は鯉川鉄道の運転士さんで、鯉川鉄道の終点は四季町。最高幹部は互いを『スプリング』、『サマー』、『オータム』、『ウィンター』と呼んでいたそうですが、それは四季町に由来していたのかもしれません」

「でも、〈ケイオス〉のアジトは東京にあったんですよ。最高幹部の一人が、東京から遠く離れたローカル鉄道の運転士だったというんですか」田島がなおも信じられないように言う。

「インターネットが発達した今の時代、東京から遠く離れた場所で別の職業に就いていることは、テロリストとして活動するのに特に障害にはならないと思います」

「そうかもしれませんが……。それにしても、運転士はいいとして、他の三人はなんで鯉川鉄道に乗っていたんですか」

「研究施設から盗み出した猛毒〈オリエントキシン〉を四季町の貯水池に撒くためだと思います」

「……四季町の貯水池に？　四季町にも貯水池があるんですか」

「はい。でも、途中で、夫を演じていた男性が、おそらくは計画に怖気《おじけ》づいて降りようとした。そこで、妻のふりをして隣に座っていた玉川冨美子さん——本当の名前は知りませんけど——が、とっさにナイフで刺殺したんです。

だけど、それからが大変でした。お年寄りに変装した姿で死体が発見されると、他のメンバーもお年寄りに変装していることがばれてしまうので、冨美子さんはまずは被害者の変装を解くことにしました。お年寄りの肌を作るために顔や手に塗ったファウンデーションや、メイクアップペンシルで描いたしわや染みを拭き取り、山高帽や太縁眼鏡やオータムコートを取り去った。さっきも言ったように、クロスシートなので、後ろからはそうした行為は見えません。

ただ、問題はまだあります。被害者の変装を解いたら、『玉川哲治』がいなくなります。それでは怪しまれるので、誰かが『玉川哲治』にならなければならない。そこで、お年寄りの男性に変装していたもう一人のメンバーが冬川駅で降りるふりをして、わたしたちの視界の外に出ると、乗務員扉からこっそりと進行方向反対側の乗務員室に入ったんです。運転士さんもメンバーの一人ですから、そのメンバーが冬川駅のプラットフォームに降りたあと、無事、進行方向反対側の乗務員室に隠れるまで、車両を発車させないで待っていました。そのメンバーは、いずれ、隙《すき》を見て、客室に戻り、山高帽や太縁眼鏡やオータムコートを身につけて『玉川哲治』になるつもりだったのでしょう。

こうした計画は、直接話せばわたしたちに聞かれてしまいますから、ＬＩＮＥか何かでやり取りしたのだと思います。

ところがそこで、予期せぬ出来事が生じました——土砂崩れです。これで車両が停車し、メンバーたちはこっそりと立ち去ることができなくなりました。この状態で死体が発見されたら、すぐそばにいた冨美子さんが疑われてしまう。だから、死体を車内の別の場所に移動させなければならない。だけど、別の座席に移動させたら、わたしや和戸さんや田島さんや原口さんの誰かが、その座席には死体などなかったことを憶《おぼ》えているかもしれません。憶えていたら、死体が移動されたのだとばれてしまいます。そこで、わたしたちが見ようとはしなかった場所、そこに死体がもともとなかったとばれることのない場所——進行方向反対側の乗務員室を死体の隠し場所に選んだんです。それに、ここに隠せば、あとで死体が見つかったときに、ストーカーだったように見せかけることができるというメリットもありました。

運転士さんは、車両が土砂崩れに巻き込まれる危険性があると言って、乗客たちを降ろしました。そして、車両に人が残っていないか点検しているふりをして、死体を客室から進行方向反対側の乗務員室に運び込みました」

「だけどそのあとすぐに運転士さんが死体を『発見』してみせたのはどうしてです？　死体が見つかったら、乗客たちは足止めを食らいます。そうしたら、死体との関係を詮索されるでしょう。死体が見つかるのはできるだけ遅らせた方がいいのに」

「それは、運転士さんが死体を移動させた直後に、運転指令所から、冬川駅に戻るよう指示が来たからです。冬川駅に戻るには、車両を反対方向に走らせるために、進行方向反対側の乗務員室に入らなければなりません。でも、そうしたら当然、そこにある死体に気づかなければおかしい。だから運転士さんはやむなく、死体を『発見』してみせたんです」

〈ケイオス〉の最高幹部たちは、和戸、三沢梨花、田島、原口泰造という第三者がいたがために、いろいろな苦労を背負い込むことになったということか。

「ちなみに、〈ケイオス〉が盗み出した〈オリエントキシン〉は、この車両の乗務員室に置かれていると思います。運転士さんが引いていたキャリーバッグの中に入っているんじゃないでしょうか」

和戸は慌てて、今や進行方向反対側となった乗務員室に向かった。運転士席の横に置いてあったキャリーバッグを開ける。中には確かに、プラスチックの容器が五本、入っていた。

三沢梨花の驚くべき大手柄だった。これを知ったら、マネージャーが狂喜することだろう。〈アイドルは名探偵〉と謳《うた》って売り出すかもしれない。

第四話
二の奇劇

1

あいにくの曇り空だったが、搬器《はんき》の窓の外には息を呑《の》むような光景が広がっていた。緑の山々の上空数十メートルを、搬器は人が歩くほどの速度でゆっくりと下っていく。ときおり左右にかすかに揺れ、びゅうびゅうという風の唸《うな》りが聞こえる。

ここは千葉県にある林太山《りんたさん》ロープウェイである。古くから鉄の産地として知られる林太山の山頂と山麓を結ぶ、所要時間七分のロープウェイだ。

交走式《こうそうしき》と呼ばれるタイプのもので、ワイヤーロープの両端に、乗客が乗る搬器をそれぞれ取り付け、井戸の釣瓶《つるべ》と同じ原理で二台の搬器が交互に上下する仕組みになっている。

八畳ほどの広さの車内には、左右両側に窓を背にしてロングシートが設置されている。進行方向右側に片開きドアがあり、右側のロングシートはそこで分断されている。

窓は大きく取られ、周囲を一望できる。二枚のガラスからなる上げ下げ窓で、上側のガラスは下方に、下側のガラスは上方に動かすことができるが、動かせるのは二十センチ程度。それ以上開けられると人間が外に出ることができて危険だからだろう。

ロングシートには、和戸宋志《わとそうじ》以外に三人の乗客が座っていた。四十代後半の男性、二十代半ばの男性、五十歳前後の女性だ。

林太山の山頂には林太山神社がある。この山が鉄の産地ということもあり、林太山神社では鉄の神を祀《まつ》り、ナイフなどさまざまな鉄製品をお土産として販売している。旅行が好きな和戸は、三月に入って取れた久しぶりの休日に、この神社まで足を延ばしたのだった。もちろんナイフも購入している。

和戸の乗った搬器は山麓駅へと下っており、ちょうど行程の半ばまで来ていた。右斜め前方を白い搬器が上ってくるのが見える。その側面には算用数字で大きく「2」と描かれている。二号車ということだろう。ちなみに、和戸の搬器は赤で塗られ、側面に「1」と描かれているので、一号車だ。

もう少しですれ違うというときだった。搬器が急停止し、乗客たちは前方に投げ出されそうになって口々に悲鳴を上げた。二号車が真横に停まっているのが見える。

五十歳前後の女性が、ドアの脇にある緊急事態用の通報ボタンを押した。

——はい。

ボタンの下にあるスピーカーから係員の声が聞こえる。

「ロープウェイが停まっちゃったけど、どうしたの？」

——申し訳ありません。自動運転制御システムに突然、エラーが発生しまして……。

「いつ直るの？」

——現在、復旧作業中ですので、すぐに直るかと……。

乗客たちは黙ったまま、窓の外を見ていた。鉛色の空はどんどん暗さを増していた。今にも雨が降り出しそうだ。眼下の木々の葉も揺れが激しくなったように見える。

向かいの搬器を見た和戸は、窓越しに片瀬《かたせ》つぐみの姿を見て仰天した。向こうも和戸に気づいたのか、驚きの色が顔に浮かんだ。

和戸のスマートフォンにLINEの着信があった。つぐみからだった。

――来てたのか！

和戸も打ち返す。

――はい。テレビで観た林太山ロープウェイの絶景がすごかったので。片瀬さんは？

――同じだよ。あたしもテレビで観てさ。

搬器の大きな窓に不意に水滴が伝ったかと思うと、それは見る見るうちに数を増し、あっという間に土砂降りの雨となった。

五十歳前後の女性が焦《じ》れたように通報ボタンを押した。

「ねえ、もう十分経《た》ったけど、まだ復旧しないの？」

――申し訳ありません。エラーの原因を探っているのですが、一週間前に導入したばかりの最新のシステムですので、よくわからないことも多く……。

「ロープを伝って救助に来ることはできないの？」

――現在、風と雨が強くなってきまして、この中で救助に向かうことは困難かと……。

「じゃあ、わたしたちはどうしたらいいの。ずっと待っておけって？」

――自動運転制御システムの復旧に努めていますので、いま少しお待ちいただけますでしょうか。誠に申し訳ございません。

「もう、最悪」

女性はため息をつくと、他の乗客に目を向けた。

「このあとしばらく一緒に過ごすのだから、お互い自己紹介でもどう？　まずわたしからね。竹《たけ》上信子《がみのぶこ》といいます」

ツバ広帽子をかぶり、薄紫色のサングラスをかけ、マスクをしていた。アルミパイプを十本近く入れたリュックを傍《かたわ》らに置いている。パイプを使ったオブジェ作家で、林太山神社にパイプのオブジェを作りに行った帰りだという。リュックに入っているのは使わなかった材料らしい。

「パイプを使ったオブジェですか」和戸は感心して言った。

そう、と竹上信子はうなずくと、リュックからパイプを一本取り出した。直径四、五センチ、長さ五十センチほどだ。続いて、さまざまなかたちをしたジョイントを取り出す。

「パイプをジョイントにはめ込んでつなぐことで、いろんなオブジェを作ることができるの。パイプをまっすぐにつないだり、垂直につないだり、斜めにつないだり、いろいろなつなぎ方ができるように、ジョイントは何種類もあるのよ」

和戸はそこで、神社の境内に、建物や舟や鳥などさまざまなものを象《かたど》ったパイプのオブジェがあったのを思い出した。そのことを言うと、竹上信子はうれしそうな顔をした。

「そう、あれがわたしの作品。少しずつ増やしているの。神社の宮司がわたしの大学時代の同級生で、依頼してくれたのよ」

和戸も名乗り、公務員だと言った。

四十代後半の男性が、「三川村貞一《みかわむらていいち》です」と言う。「不動産会社を営んでいます」

精力的に見えるが、線の細さも感じさせる顔立ちだった。右手首に高価そうな腕時計を巻いている。

「ひょっとして、三川村不動産の社長さん？」竹上信子が興味を惹《ひ》かれたように訊《き》く。

「はい」

三川村不動産は現在、週刊誌を賑《にぎ》わせている会社だった。マンション建設を多く手がけているのだが、手抜き工事をしていたことが下請けの告発で発覚したのだ。

二十代半ばの男性は三川村貞一の秘書で、津辺和樹《つべかずき》と名乗った。

「不動産会社の社長さんが、秘書さんを連れてこんなところに何をしに？」

「父の遺言でしてね。毎年、この日に、林太山神社にお参りすることにしているんです」

「そういえば、双子の弟さんがいらっしゃって、専務をしているのでしたね。弟さんはご一緒じゃないのかしら」

おそらく週刊誌で仕入れた情報だろう。

「弟とは別々に行動しています」三川村は硬い表情で答える。仲がよくないのかもしれない。

二号車の方を見ると、乗客たちが向かい合って何か喋《しゃべ》っている。あちらでも自己紹介しているのだろうと和戸はおかしくなった。

辺りがすっかり暗くなってもロープウェイは復旧しなかった。竹上信子が何度も通報ボタンを押して復旧状況を尋ねたが、係員は平謝りに謝り「もう少しお待ちください」と言うだけなので、彼女もあきらめたのか、しまいにボタンを押さなくなった。

和戸はお腹が空《す》いてきた。腕時計を見ると午後七時過ぎ。林太山神社で〈製鉄饅頭《せいてつまんじゅう》〉なるお土産を買ったことを思い出し、封を開けると他の乗客たちに勧める。すると皆、同じものを買っており、夕食代わりに〈製鉄饅頭〉を食べることになった。〈製鉄饅頭〉といっても別に鉄分が入っているわけではなく、普通のこしあんの饅頭の表面に「鉄」の旧字「鐵」の焼き印を押してあるだけだ。

そして、饅頭の食べ方は人それぞれだとつまらないことに感心した。竹上信子は、饅頭を両手で半分に割り、片方ずつ食べている。三川村は、右手に緑茶の入ったペットボトル、左手に饅頭という格好で、饅頭をちびちびと食べている。津辺は、饅頭を両手で持ってかぶりついている。和戸も緑茶を飲みながら三個食べ、さすがに胸焼けしそうになった。トイレに行きたくなったら困るので、緑茶を飲むのは少しにしておく。

三月の夜はまだ寒い。おまけに山腹上空で雨風に吹かれてさらに気温が下がっている。何ともわびしい気分になり、四人ともほとんど言葉を交わさなかった。

結局、午前零時近くなっても故障は直らず、乗客たちは搬器の中で寝ることにした。横になるスペースはないので、シートに座り、背中を壁にもたれさせたままだ。

寝ているあいだに搬器が落下し、二度と目覚めることがなかったらどうしよう……などと思ったが、いつの間にか眠り込んでしまった。

2

和戸は揺り動かされて目を覚ました。

窓の外はいつの間にか朝になっていた。だが、雨は激しく降り続き、窓ガラスを伝い流れている。空は重苦しい鉛色だ。

社長秘書の津辺和樹がこわばった顔でこちらを見下ろしていた。

「どうしたんですか？」

「社長が殺されているんです」

「ええっ？」

和戸は、進行方向左側全面を占めるロングシートの中央辺りに座っている三川村に目をやった。首を垂れて眠っているようだった。だが、近づくと、その左胸にナイフが突き立っているのが見えた。

「五分ほど前に目を覚ましたんです。隣の社長を見たら、こんなことになっていて……」秘書が震える声で言う。

「どうしたの？」竹上信子がかすれ声で言いながら目を開き、三川村の姿を見て小さく悲鳴を上げた。

「誰かが三川村貞一さんをナイフで刺し殺したんです」と和戸は言った。

「誰かがって……ここにはわたしたち三人しかいないじゃない。わたしたちの誰かがやったっていうの」

「残念ながら、そうです」

三人はお互いの顔をじろじろと見た。

「あ、ない！」不意に竹上信子が叫んだ。

「何がないんですか」

「パイプがなくなってる！」

確かに、竹上信子のリュックに入っていたアルミパイプがすべて消えていた。リュックだけが残っている。和戸は搬器の中を見回したが、どこにもパイプは落ちていなかった。

「窓から地上に捨てたみたいですね。この窓、開くようですから」

窓から見下ろす地上は二、三十メートル離れており、緑の木々に覆われていた。窓から捨てたとしても、ここからでは見えないだろう。

竹上信子が和戸と津辺和樹を睨《にら》みつけた。

「あなたたちのどちらかが、わたしのパイプを捨てたんでしょう」

和戸と津辺和樹は慌てて否定した。

「あなたたちのどちらかでしかありえないのよ。三川村社長を殺したのもね」

「そういうあなたがやったのかもしれないじゃないですか」津辺和樹が反論する。

「どうしてわたしが自分のパイプを捨てなきゃならないのよ。あれ、結構高いのよ。もちろん三川村社長を殺す理由なんてないし」

和戸が訊くと、津辺和樹は「まだです」と首を振った。

「一一〇番通報しましたか」

「一一〇番通報する前に、ロープウェイ会社に連絡した方がいいかもしれませんね」

和戸は緊急事態用の通話ボタンを押して、係員に三川村貞一が殺されたと知らせた。すると係員は「えっ」と声を上げた。

――実は、つい先ほど、二号車からも人が殺されていると通報があったんです。

隣で空中に浮かぶ二号車に目を向けると、乗客たちが立ち尽くして一点を見つめている。視線の先には、一号車側のロングシートに座りこちらに背を向けた人影があった。

「誰が殺されたんですか？」

――三川村浩二《こうじ》さんという方です。

和戸は耳を疑った。竹上信子と津辺和樹が目を見開く。

「専務が……」津辺和樹が茫然《ぼうぜん》として呟《つぶや》いた。

「専務って、三川村貞一さんの弟さん？」竹上信子が訊く。

「ええ。専務は社長とは別行動を取っていたんです」

「三川村浩二さんの事件の方はもう一一〇番通報しましたか」和戸は係員に尋ねた。

――はい。三川村貞一さんの事件の方もすぐに通報します。

「あと、警察に伝えてほしいんですが、私は警視庁捜査一課員で、和戸宋志といいます。何かできることがあったら言ってほしいと伝えてください」

――了解しました。

通話は切れた。

「あなた、警察官だったの」

竹上信子が驚いたように言う。これまで事件に巻き込まれて名乗るたびに同じようなリアクションを受けている。和戸はよほど警察官に見えないらしい。

そこで、LINEに着信があった。つぐみからだった。

――こっちで殺人事件があったんだよ！

――三川村浩二さんですね。

――どうして知ってるんだ？

――こっちでも、浩二さんのお兄さんの貞一さんが殺されているんです。ロープウェイ会社に伝えたら、そちらでも事件が起きたことを知らされました。

二号車のこちら側の窓に、スマートフォンを手にしたつぐみが近づくのが見えた。驚きの色が顔に浮かんでいる。

――いったいどういうことなんだ？

――わかりません。

――ワトソン力が発動するかもしれないな。

――そうですね。

昨年初頭の監禁事件がきっかけで、片瀬つぐみはワトソン力のことを知っている。

――そっちの撤器とこっちの撤器は四メートルぐらいしか離れていないから、ワトソン力が発動すれば、こっちにも作用するよ。

ワトソン力が及ぶ範囲は、和戸を中心とする半径二十メートルほどの球内であることが経験的にわかっている。

――そうすれば、推理力を高められた誰かがきっと事件を解決する。ま、こっちの撤器じゃ、できればあたしが事件を解決したいけどさ。

――期待しています。

――ただ、心配なのは、告発された犯人が暴れ出さないかということなんだよね。こんな狭い撤器じゃ逃げ場がない。こっちの撤器じゃ犯人が暴れ出してもあたしが制圧できるけど、そっちは大丈夫？

つぐみは警視庁のSAT隊員だから格闘技はお手のものだが、残念ながら和戸はそうではない。警察学校で逮捕術を習いはしたが、赤点すれすれの成績だった。

――うーん、わかりません。

――無理するなよ。

――はい。

――あ、なんだか頭が冴《さ》えてきた。ワトソン力が効いてきたみたい。またあとで。

そのとき、通報ボタンの下のスピーカーからロープウェイ会社の係員の声が聞こえた。地元の林太山警察署の捜査員たちが到着したという。皆さんとお話ししたいそうです、と係員は言った。すぐにがらがら声が聞こえてきた。

――林太山警察署の者です。ロープウェイ会社では、復旧作業を大急ぎで進めています。あと数時間のことだと思いますので、それまでどうか我慢してください。

「了解しました」

和戸は答えた。警察は乗客たちがパニックになることを恐れているようだが、その心配はないだろう。ワトソン力の影響を受けた者は推理力が飛躍的に向上する結果、冷静さも増すことが、これまでの経験からわかっている。

「復旧まであと数時間もかかるんですって？　それだったら、わたしたちで推理した方が早いじゃない」

竹上信子が言った。目が輝いている。彼女にもワトソン力が作用し始めたようだ。いいですね、と津辺和樹が大きくうなずいた。

「事件を推理するには、二号車の乗客たちのことも知る必要があると思うんです。今から訊いてみようと思うんですが、どうですか」

「実は、二号車に知人の女性が乗っているんです。彼女に連絡して、向こうの乗客たちのことを知らせてもらおうと思います」

和戸は言い、ＬＩＮＥでつぐみに連絡した。さっそく返信があった。

――こっちでも同じ意見が出ててさ。窓を開けて自己紹介し合うというのはどう？

――いいですね。

――提案してみるよ。

二号車の中でつぐみが他の乗客たちに喋っているのが見えた。和戸も竹上信子と津辺和樹に同じ提案をした。二人とも賛成する。

――賛成が得られました。

――こっちも。じゃあ、あたしから自己紹介するから。

つぐみが、二号車の窓のうち一号車に面した方を開け始めた。和戸も二号車に面した窓を開ける。雨が少し吹き込むが、もう一方の搬器の乗客に声を届かせるためには窓を開けるしかない。向かい合う窓が開けられると、警視庁ＳＡＴ隊員は「片瀬つぐみです！」と怒鳴った。とても迫力がある。

続いて、二号車の二十代半ばの男性が、「和島優介《わじまゆうすけ》です。三川村専務の秘書をしています」と叫ぶ。中肉中背で、なかなかの二枚目。専務秘書というだけあって、いかにもそつがなさそうだ。最後に、二号車の四十過ぎの男性が、「梶原新平《かじわらしんぺい》です。週刊玉石《ぎょくせき》の記者です」と怒鳴った。とても背が高く、百八十センチを超えるのではないか。搬器の中で心持ち窮屈そうだ。

「週刊誌の連中め、あとをつけてきたのか」津辺和樹が忌々《いまいま》しそうに呟いた。

一号車の和戸たちも大声で自己紹介をする。怪しげな企業の新人研修を受けている気分になってきた。

「なんだかすごく頭が冴えてきた感じがするんだけれど、皆さんはどう?」二号車にも聞こえるように、竹上信子が大声で言う。

確かに、と津辺和樹や梶原新平や和島優介がうなずき、つぐみが和戸を見てにやりとする。どうやら本格的にワトソン力が働き始めたようだ。

「警察がいつ来るかわからないから、とりあえずわたしたちが調べられることを調べておこうと思うんだけど、どうかしら」

これにも皆、賛成した。ワトソン力の効果、恐るべしである。

一号車の遺体と二号車の遺体をそれぞれ和戸とつぐみがスマートフォンで撮り、お互いのスマートフォンに送った。それを他の乗客たちが見る。

どちらの遺体にも、幅二センチほどのナイフが左胸に突き立っている。血はほとんど流れていない。ナイフが栓の役割を果たしたようだ。どちらの被害者にも抵抗したあとがない。眠っているときに刺殺されたのだろう。自分たちが眠っているときにすぐそばでそんなことが行われていたのだと思うと、ぞっとした。

「このナイフは、林太山神社で売っているものね」と竹上信子。

「すると、犯人は林太山神社で購入したナイフを凶器として用いたということですか。罰当《ばち》たりにもほどがあるな」と和島優介。

「犯人が購入したナイフを凶器として用いたのだとすれば、パッケージやレシートが犯人の持ち物の中に残っているんじゃありませんか」と津辺和樹。

「そんなもの、窓から外に捨てたに決まってるじゃない。窓は少しだけど開くんだから」

竹上信子が死者の鞄を探り始めた。捜査一課員の和戸としては止めるべきだが、ワトソン力が働いている相手にそんなことをしても無駄だとわかっている。

「何、これ！」

オブジェ作家が鞄から取り出したのは、林太山神社の御神籤《おみくじ》だった。「大凶」となっている。

ロープウェイが停止したうえに社長が殺されてしまったのだから、まさに大凶だ。

梶原新平が考え込みながら言った。

「この事件にはいくつか謎がありますね。

第一の謎は、言うまでもなく、犯人は誰なのかということ。

第二の謎は、犯人が限定されてしまう状況で犯行に及んだのはなぜかということ。

第三の謎は、二台の搬器それぞれの事件は関連があるのか、ないのかということ。被害者が兄弟で、これだけ接近した場所で起きた二つの事件に関連がないはずはないと思いますが、それはどのような関連なのか」

第四の謎があるわ、と竹上信子が言った。

「わたし、林太山神社でパイプのオブジェを作った帰りなんだけど、使わなかったパイプをリュックに入れていたの。それが全部なくなっているのよ。犯人が夜のうちに窓から捨てたんだと思うけど、どうしてそんなことをしたのか」

そうだな、とつぐみがうなずいた。

「これから推理するときは必ず、その四点について答えなければならないことにしよう」

3

「犯人がわかった」

自信満々でそう言ったのは竹上信子だった。推理合戦一番乗りは彼女のようだ。

「犯人はなぜ、こんな状況で犯行に及んだのか。それが、事件を解決する最大のポイントよ。容疑者が少数に限定されてしまうリスクを冒してでも、今、この場で犯行に及んだのは、そうしなければ、犯人にとって困ったことが起きるからだと考えられる」

「犯人にとって困ったこと?」

和戸は合いの手を入れた。これもワトソン力を持つ者の役目である。

「そう。それが何かを考えるために、このままだと起きるかもしれないことは何か、考えてみましょう」

「このままだと起きるかもしれないこと……ロープが切れて搬器が落下することですか」

「その通り。それが、犯人にとって起きたら困ることだと思う」

「命を失うんだから困ったことでしょうが……でも、被害者を殺したからといって、搬器が落下するのを防げるわけじゃないでしょう」

「ええ。だから、被害者を殺したのは、搬器が落下しても困ったことにならないようにするためだと思う」

「どういうことですか」

「二台の搬器はロープでつながっているから、一方の搬器が落下するということは、もう一方の搬器も落下するということよね。つまり、一号車も二号車もほぼ同時に落下する。そして、一号車の中にいる人も二号車の中にいる人もほぼ同時に死亡する」

皆、縁起でもないという顔をする。

「つまり、社長の兄も専務の弟もほぼ同時に死亡するということ。そうした場合、同時死亡の推定がなされる」

「同時死亡の推定？」

和戸が合いの手を入れると、

「和戸さん、よく聞こえないから、もっと大きな声で喋ってください」と二号車から梶原新平の注文がついてしまった。

「同時死亡の推定？」和戸は怒鳴るような声でもう一度言った。

「同時死亡の推定というのは、民法第三十二条の二に規定されている制度で、複数の人が何らかの原因で死亡し、彼らの死亡時期の前後が不明な場合に、彼らが同時に死亡したものと推定することよ。たとえば、社長の兄と専務の弟が亡くなったけど、どちらが先に亡くなったのか正確にはわからないとき、二人は同時に死亡したと見なされる」

「それは知っていますが、それが事件とどう関係するんですか」

「兄と弟、それぞれ一億円の財産があり、両親は他界していて、どちらも結婚しているけど子供はいないと仮定するわね。兄が先に死に、次いで弟が死んだ場合、兄の遺産は妻と弟に分けられる。妻が四分の三の七千五百万円、弟が四分の一の二千五百万円、相続する。次いで弟が死ぬ。そうすると、弟の妻は、夫の遺産一億円に加えて、夫が兄から相続した二千五百万円、合計一億二千五百万円を受け取ることになる。一方、兄と弟が同時に死亡したと見なされた場合、兄の遺産は弟には渡らないから、弟の妻が夫から受け取る遺産は一億円。つまり、同時死亡の推定がなされた場合、弟の妻が夫から受け取る遺産は二千五百万円、少ないことになる。これは、兄の妻についても同じことが言える。

弟の妻、兄の妻どちらにとっても、夫たちが同時に死ぬより、まず夫の兄（または弟）が、次いで夫自身が亡くなってくれた方が、相続する遺産が多いわけ。

だから犯人は、同時死亡の推定がなされるのを嫌った。そして、同時死亡の推定がなされるのを避けるためには、どちらか一方が先に死んだことを、はっきりと記録に残す必要がある」

「まさか……」

「そのまさかよ。犯人はそのために、社長の兄と専務の弟のどちらかを殺した。そうすれば、わたしたちは警察に通報する。通報時刻は当然、警察で記録される。そして、被害者が殺されたのは、その通報時刻より前ということになる。だから、そのあとでロープが切れて搬器が落下し、わたしたち全員が死んでも、社長の兄と専務の弟のどちらか一方はもう一方より明らかに先に死んだことがわかるので、同時死亡の推定はなされない。

だけど、それぞれの搬器の犯人が、同じことを考えて、それぞれ社長と専務を殺したために、結局、社長と専務はほぼ同時に死ぬことになった。同時死亡の推定を避けようとしたがためにかえって同時死亡を招いてしまうなんて、何とも皮肉じゃない？」

「でも、どちらの搬器にも、被害者の奥さんは乗っていませんよ」

大きな声でそう言ったのは、二号車に乗っている専務秘書の和島優介だった。

「奥さんの利益のために動く人物が乗っているのよ。そもそも、奥さん自身が乗っていたら、搬器が落ちたら自分も死ぬんだから、自分の相続分を増やそうとする算段をするわけないでしょ。その人物は、自分は死ぬかもしれないけれど、その前に奥さんに最後の贈り物をしようとしたのよ」

「誰ですか、それは」

「ずばり、愛人ね」竹上信子は断定した。

「愛人？」

「そう。だから、男性である可能性が高い。一号車の男性は和戸さんと津辺さん、二号車の男性は梶原さんと和島さん。一号車からは社長夫人の愛人、二号車からは専務夫人の愛人を選ぶわけだけれど……」

竹上信子は和戸を見ると、

「和戸さん、失礼だけれど、あなたは愛人には見えない」

「はあ、そうですか」

いきなり言われて和戸は面食らった。

「社長夫人の愛人っていうのは、もうちょっとハンサムでシャープでなきゃ」

和戸はハンサムでもシャープでもないらしい。

「したがって、一号車で三川村貞一さんを殺したのは、津辺さん、あなたよ」

社長秘書はぎくりとしたようだった。

「ぼ、僕が社長の奥さんの愛人だって言うんですか」

「そう。社長秘書なんだから、社長夫人と会う機会も多かったでしょう。それで親しくなったわけ。で、二号車の方にいる、専務夫人の愛人は和島さんね。津辺さんと同じ理由よ」

「ち、違いますよ！」専務秘書が叫ぶ。

「一つわからないことがあるんだけど」とつぐみが言う。「竹上さんのパイプがなくなっていたのはどうしてだ？」

「津辺さんに刺された三川村貞一さんは、犯人が誰か示そうとしてパイプを握ったんだと思う。ダイイング・メッセージというやつね。三川村さんが亡くなったあと、津辺さんはパイプを取り上げたけれど、パイプに血がついていることに気がついた。このままだと、自分が犯人だと気づかれるかもしれない。だけど、血を拭くものが搬器の中にはなかった。だから津辺さんは、血のついたパイプを窓から捨てたのよ」

社長秘書が言った。

「どうしてパイプが僕の名前を示すんですか」

「三川村さんは、あれをパイプじゃなくチューブとして見たの」

「――チューブ？」

「そして、チューブの英語 tube をローマ字読みすれば『つべ』となる。津辺さん、あなたを指すということ」

4

馬鹿馬鹿しい、と津辺和樹が苦笑した。

「あなたの推理は、パイプのくだりでいくつも穴がありますよ。パイプだけに穴があるというわけです」

「どんな穴よ」

「第一に、社長が犯人を示すためにあなたのリュックからパイプを抜き取る余力があるのだったら、あなたや和戸さんを起こせばいいじゃないですか。その方がパイプを抜き取るより簡単だ。第二に、パイプを抜き取ったとしても、血がついたのはそのパイプだけで、他のパイプやジョイントには血がつかなかったはずです。他のパイプやジョイントまで捨てる必要はないでしょう」

「……その通りね」竹上信子が悔しそうにうなずく。

専務秘書の和島優介が言った。

「僕や津辺君が犯人ということですが、津辺君はともかく、僕が犯人じゃないことは僕がよく知っています。だから、それを示すために、僕以外の人間を犯人として推理しますよ」

推理合戦の二番手は和島優介のようだ。

「竹上さんは、犯人はなぜ、こんな状況で犯行に及んだのかという疑問から推理を始めましたが、僕も同じです。犯人はなぜ、こんな状況で犯行に及んだのか？　答えは、こんな状況だからこそ疑われないからです」

社長秘書の津辺和樹が言った。

「疑われないからって、そんなことありえないだろう。同じ搬器の中にいるんだから、必ず疑われてしまう」

「同じ搬器の中にいるから疑われるんだろう？　だったら、いなければいいんだ」

「――どういうことだよ」

「ロープウェイの自動運転制御システムはすでに復旧していたんだよ。二台の搬器は夜のうちにそれぞれ山麓駅と山頂駅に移され、そこでロープウェイ会社の社員が犯行に及んだんだ。その後、もとの位置に戻した。

昨日、搬器が停まったとき、僕たちは互いに自己紹介した。あのとき、通話ボタンのマイクが生きていて、僕たちの声がロープウェイ会社の係員に聞こえたんだ。係員は僕たちの中に、自分が殺したいと思っている人物、つまり社長と専務がいることに気づいた。社長や専務が恨まれていたことは君も認めるだろう？」

「……まあな」

津辺和樹はしぶしぶうなずいた。しかしすぐに反論に転じた。

「だけど、自動運転制御システムの復旧には何人もの人間が携わるはずだ。犯人が仲間の目を盗んで犯行に及べたとは思えない。まさか、全員が犯人ではないだろうしな。そもそも、竹上さんのパイプがなくなっているのはどう説明するんだ？」

和島優介は詰まった。津辺和樹は嘲笑《ちょうしょう》した。

「結局、君の推理はその程度か。だから君は専務秘書止まりなんだよ」

「なんだと!?」

専務秘書は社長秘書につかみかからんばかりの形相になった。別々の搬器にいるからよかったものの、同じ搬器にいたら本当につかみかかっていたかもしれない。

津辺和樹は和島優介を面白そうに見やると、一号車と二号車の乗客を見回しながら堂々とした口ぶりで言った。

「事件を解く手がかりは、社長と専務のナイフの刺され方の違いにあったんです」

推理合戦の三番手が現れたようだ。

「刺され方の違い?」と和戸は大声で合いの手を入れる。

「和戸さんに社長の遺体を、片瀬さんに専務の遺体を撮影していただきました。両者を比べてみると、ナイフの刺され方に違いがあることがわかります」

和戸は慌てて、スマートフォンの二枚の画像を見比べた。

「社長の方は、ナイフが垂直に、深々と刺さっています。一方、専務の方は、ナイフは少し斜め上から刺さっており、社長ほどは深々と刺さっていません」

確かに彼の言う通りだった。和戸は捜査一課員にもかかわらず見逃していたことを恥じた。

「それは、犯人が別々だからだろう。社長を刺した犯人の方が力が強かったから、深々と刺さったんだ」と和島優介が言う。

「でも、社長のいるこの搬器の人たちは、僕も含めて力のなさそうな人間ばかりだ」

津辺が言い返す。和戸は搬器の中を見回した。竹上信子はほっそりしているし、津辺も細身。和戸自身も、警察官らしくなくひょろりとしている。皆、腕が細く、筋肉はあまりついていない。

「だから、ナイフを深々と刺すことができたとは思えない」

「じゃあ、どうして深々と刺さっているんだよ」と専務秘書。

社長秘書はそれには答えず、言葉を続けた。

「深々と刺さっていることの他に、もう一点、疑問に思うことがあります。垂直に刺さっていることです」

「それが？」

「社長はシートに座って眠っているところを刺されました。だから犯人は、立った姿勢で中腰になってナイフを突き刺したはずです。そうすると、ナイフは斜め上から刺さるでしょう。ちょうど、専務に刺さったナイフがそうなっているように。ところが、社長に刺さったナイフはそうなっていない。なぜか垂直に刺さっているんです。シートに座って眠っている社長にナイフを垂直に突き立てようとしたら、犯人自身は床に膝をついた不安定な姿勢でナイフを突き出さなければならない。そんな姿勢で刺そうとするとは思えないし、深々と刺すことができたとも思えません」

「じゃあ、どうして垂直に刺さっているんだよ」

「考えられることは一つしかありません。社長は自殺したんです」

「――自殺？」一号車と二号車の乗客たちは口々に驚きの言葉を発した。

「はい。社長は床に膝をつくと、ナイフを両手で持ち、自分に刃を向け、そのまま床に倒れ込んだんです。そうすると、倒れ込む胴体と床に挟まれたナイフが胸に刺さります。胴体の重みと、床に倒れ込んだ勢いとが合わさって、ナイフは深々と刺さることになる。また、ナイフが刺さりやすいように、社長はナイフが自分のからだに対して垂直になるように構えたのでしょう」

和戸は思わず顔をしかめた。想像するだけで痛そうだ。

週刊誌記者の梶原新平が首をかしげる。

「でも、それだったら、遺体は床に倒れているはずだ。どうして座っているんですか」

「最後の力を振り絞って座ったんだと思います」

「じゃあ、社長はなぜ自殺したんです？」

「それは、罪の意識を感じたからです」

「罪の意識？」

「今の状況で罪の意識を覚えさせるものといえば、二号車での専務殺ししか考えられない。社長は弟の専務を殺害して、その罪の意識から自殺したんです」

「社長が専務を殺したというんですか」

「はい。秘書として仕えた方を告発するのは心苦しいですが……」

「別の搬器にいる専務をどうやったら殺せるというんですか」

「竹上信子さんのパイプを使ったんですよ」

オブジェ作家が訝《いぶか》しげな顔をした。

「どういうこと？」

「パイプをつないで長くし、先端にナイフを括《くく》り付け、槍のようにして突き刺したんです」

「でも、一号車から二号車まで四メートルは離れているでしょう。パイプを槍のようにするには、四メートルぐらいの長さになるまでつなげなくちゃならない。一方で、搬器の横幅は二・五メートルぐらい。パイプを四メートルぐらいの長さにしたら、横にしたときに左右の壁につかえてしまうんじゃない？」

「こうすればいいんです。まず、この搬器の向かい合う左右の窓を開けます。そして、二号車とは反対側、進行方向左手の窓からパイプを外に出し、その右端に二本目のパイプをつなげます。

続いてその右端に三本目のパイプをつなげます。こうしてどんどんつなげて長くしていきますが、一方の端が窓の外に出ているので左右の壁につかえることはありません。最後に、ナイフを端に括り付けたパイプを右端につなげ、右手の窓からいくらか外に出します。こうすると、左右の開いた窓からそれぞれの端を外に出した長いパイプが、搬器を左右に横切るようにして置かれた状態になる」

「なるほど……」

「このようにしたうえで、社長は専務のスマートフォンに電話をかけて起こすと、窓辺に立たせ、窓を開けさせたんです。社長はすかさずパイプを突き出し、先端のナイフを専務の胸に突き刺した。パイプを引くと、専務に刺さったナイフはそのまま残り、パイプから外れる。専務はさらなる攻撃を避けるため窓を閉め、よろよろとシートに座り込んで絶命。専務に刺さったナイフがそれほど深くは刺さっていなかったのは、このようにして刺したからだと思います。開いた窓から吹き込んだ雨は、朝までに乾いてしまったんでしょう。

犯行後、社長はパイプを一本一本外しながら手元に引き寄せていき、一本の長いパイプをばらばらにし、窓から外に捨てました。なぜ捨てたかと言えば、パイプをつなぎ合わせた痕跡が見つかったら、それを凶器として用いたこと、二号車の専務殺しも一号車の人間の犯行だとばれてしまうからです。

社長はそうして偽装を行ったものの、罪の意識に苛《さいな》まれて、死を選ぶことにした。社長はナイフを二本買っていたのでしょう。一本は専務を殺すために用いた。そしてもう一本で自殺したんです」

「でも、三川村貞一さんはどうして弟さんを殺したんです？」

「社長は専務を憎んでいました。僕にも毎日のように専務の悪口を言っていました。搬器に閉じ込められたとき、このまま助からないと思い込んだんでしょう。御神籤でも大凶が出ていましたし。でも、弟と一緒に落下して同時に死にたくはない。どうせ死ぬにしても弟より少しでも長く生きたいと思った。そこで、専務を殺害することにした……」

5

皆、津辺和樹の推理に感銘を受けたようだ。すると、二号車のつぐみが大声で言った。

「今の推理、社長が自殺したというところだけはいいね。だけど、それ以外は間違いだよ」

「どこが間違いなんですか」津辺和樹がむっとしたように言う。

「まず、パイプをつなげて槍みたいにして刺したというのがおかしい。専務を窓辺に立たせ、窓を開けさせて刺すというけど、専務は変だと思わなかったのか？　犯行は夜だったんだよ。そして、搬器にはカーテンがなくて、灯りが煌々《こう》とついている。搬器の中の様子は外からはっきりとわかる。社長がおかしな棒みたいなものを用意してることも専務には丸見えじゃないか。何の警戒もせずに窓辺に立ち、窓を開けるなんて考えられない」

　津辺和樹はぐっと詰まった。

「だから、二号車の専務を一号車の人間が殺すことはできなかったんだ。専務は二号車の人間が殺したんだよ」

　つぐみは自分と同じ二号車の乗客――専務秘書の和島優介と週刊誌記者の梶原新平に不敵な表情で笑いかけた。二人は身をこわばらせる。

「それから、社長が専務を殺したあと自殺した、というのも間違いだよ。社長が自殺したのは、専務が殺されたのとは関係ない」

「じゃあ、なぜ自殺したんです」

「直接のきっかけは、林太山神社で引いた御神籤で大凶と出たこと。たぶん、三川村貞一さんは社長を務めることに疲れていたんだよ。週刊誌で叩かれていたしね。だけど、自分が社長を辞めたら、憎んでいる弟に社長の座が渡るから、社長を辞めることはできなかった。そんなときに引いた御神籤で大凶と出た。それをさっそく裏付けるように、ロープウェイが停止するという事故が起きた。自分にはこの先いいことは何もない……そんな気持ちになったんじゃないかな。外では雨が降り続き、狭い空間に閉じ込められているという状況が気持ちの落ち込みに拍車をかけた。何もかも嫌になって、他の乗客たちが寝入った深夜に自殺したんだ。

　さて、一号車にいたある人物が、三川村貞一さんの遺体を発見した。その人物は考えた――社長が死ぬと、遺産は社長夫人と、弟の専務とが相続する。一方、弟が社長と同時に死亡したら、社長の遺産が弟に行くことはないので、社長夫人は遺産をまるまる相続する」

「じゃあ、犯人は……」

「社長夫人。夫人は変装してロープウェイに乗り込んでいたんだ。それに当てはまるのは、竹上信子さん、あんたしかいない。あんた、ツバ広帽子に薄紫色のサングラスにマスクと、見るからに怪しそうだけど、それ、素顔を隠すための変装だろ」

「わたし⁉」

竹上信子は仰天した顔になった。

「わたしが三川村貞一さんの奥さん？　冗談やめてよ。それに、変装なんかしてないわよ。ツバ広帽子と薄紫色のサングラスのどこがいけないの。マスクしてるのは喉が弱いからよ」

つぐみはかまわず続ける。

「あんたは夫の浮気を疑って、変装してこっそりあとをつけたんだ。事故が起きて同じ搬器の中に閉じ込められることになったけど、幸い、夫には正体を見破られなかった。深夜、あんたはふと目を覚まして、夫が自殺したのを知った。あんたは受け取る遺産の額を計算すると、二号車にいる知人にスマートフォンで連絡し、専務が夫と同時に死んでくれた方が、自分が受け取る額が多いから、専務を殺すように頼んだ。そして、二号車の犯人が犯行に及んだ」

そこでつぐみは、自分と同じ二号車にいる和島優介と梶原新平にふたたび目をやった。

「じゃあ、犯人は和島さんと梶原さんのどちらなのか。ここで手がかりになるのが、竹上さんが、二号車にいる知人にスマートフォンで連絡したということ。つまり、知人はスマートフォンを使えた。さて、和島さん、あんた、今朝から一度もスマートフォンを使ってないよね。昨日の夕方にバッテリーが切れたんだろう？」

和島は驚いた顔になった。

「そうですが、よくご存じですね」

「あんた、昨日の夕方、搬器から見る夕暮れの雨の光景が素晴らしいって言って、スマートフォンで写真を撮りまくって、気がついたらバッテリーが数パーセントになって専務に叱られてたじゃないか。仕事の電話がかかってきたらどうするんだって」

「ええ、そうです」

「つまり、和島さんは竹上さんからスマートフォンで連絡を受けることはできなかった。したがって、犯人は梶原新平さん、あんたということになる」

「私が犯人？」

週刊誌記者は面白がるような表情になった。

「どうして私が竹上さんの指示を聞いて人を殺さなきゃならないんです」

「あんたはたぶん、竹上さん――社長の奥さんの兄弟なんだ。あんたの方が年下みたいだから、弟かな。姉の受け取る遺産額が増えることは自分にも利益になると思ったんだろう。あるいは、小さい頃から姉に頭が上がらないのかもしれない」

「私が犯人なら、どこでナイフを手に入れたんです？　あなたの推理だと、専務殺しは突発的なものだ。だから、凶器をあらかじめ準備していたと考えるのは無理がある。私はこれから林太山神社に行くところだから、神社でナイフを購入したとも考えられない。わからないことはまだある。竹上さんのパイプがなくなっていたのはなぜなんです？」

つぐみはにっと笑った。

「あんたはどこでナイフを手に入れたのか、社長の奥さんのパイプがなくなっていたのはなぜなのか──この二つの問いの答えは一つだよ。奥さんはパイプをつなげて一本の長いパイプを作った。その際、奥さんのいる一号車側は上げ下げ窓の上側のガラスを下げてできた隙間《すきま》にパイプを通し、あんたのいる二号車側は下側のガラスを上げてできた隙間にパイプを通すようにした。すると、一本の長いパイプが一号車から二号車へと下向きに傾斜することになる。そして奥さんは、パイプの穴にナイフを入れて、一号車から二号車へと滑らせたんだ。奥さんも林太山神社でナイフを購入していたんだろうね。あんたはそれを受け取って犯行に及んだ。パイプを捨てたのは、こうして凶器を移動させたのを悟られないためだ」

つぐみの推理はなかなか見事なものだった。これまですでに、ワトソン力の助けを借りたとはいえ三度、事件の真相を言い当てているから、推理することに慣れてきたのだろう。

つぐみに告発された梶原新平は、しかしどこ吹く風という顔だった。

「残念ながら、片瀬さんの推理は違いますね」

「どこが違うんだよ。あんたが犯人だろ」

「私は犯人じゃありません」

「ついでにわたしも三川村貞一さんの奥さんじゃないわよ！」と竹上信子がわめく。

「僕は社長の奥様に何度もお目にかかったことがありますが、この人ではありません」と津辺和樹。

「もっと太った方です。もっとお若いし」と和島優介。

梶原新平が言う。

「片瀬さんの推理のうち、一号車で自殺が起き、そのため二号車での殺人が必要になったという構図は正しいと思います。しかし、殺人が必要になった理由が違う。奥さんが社長の遺産を全額受け取るためじゃないんですよ」

「じゃあ、どうして社長の死によって専務まで死ぬ必要が生じたんだよ」

「結論を言うと、社長と専務が入れ替わっていたからです」

「──入れ替わっていた？　どうしてそんなことがわかるんだよ」

「観察によってですよ。社長の遺体の画像を見ると、腕時計を右手首に巻いています。これは、左利きの人が通常することです。利き手に腕時計を巻いていると不便ですから」

「社長は左利きなんですよ」と津辺和樹が口を挟む。

「左利きですか。なるほど」梶原新平は微笑んだ。「実は私、目がとてもいいんです」

「それが？」

「昨晩、一号車で社長が夕食代わりに饅頭を食べているのが見えました。お察しかもしれませんが、私、三川村不動産のスキャンダルを追ってましてね。同じ搬器の中にいる専務はもちろん、一号車の社長にも目を配っていたんです。あのとき社長は右手にペットボトル、左手に饅頭を持って、饅頭をちびちびと食べていました」

「ええ、そうでした」和戸は昨晩の光景を思い出してうなずいた。

「一般に人間は、利き手で重い物を持とうとします。中身の入ったペットボトルと饅頭だったら、ペットボトルの方が重い。ペットボトルを右手で持っていたということは、右利きだったということです」

「ああ、なるほど……」

「食べ方を見ると右利き、腕時計の着け方を見ると左利き。何とも変ですね。私はこの食い違いから、こう考えました――この人はもともと右利きだが、左利きのふりをしようとして、腕時計を右手首に巻いた。だが、饅頭を食べるとき、左利きのふりをしているのを忘れ、うっかりして右利きの食べ方をしてしまった……。

では、なぜ、左利きのふりをしようとしたのでしょうか。それは、左利きの人に化けようとしていたからだと思います。しかし、化けると言っても、顔は変装していない。これで化けられるのは、双子の兄弟ぐらいです。つまり、三川村浩二さんが、お兄さんの貞一さんに化けていたことになる。そして逆に、貞一さんが浩二さんに化けていたことになる。貞一さんはもともと左利き、浩二さんはもともと右利きなのでしょうね」

津辺和樹の顔はすっかりこわばっていた。

「三川村貞一さんは社長の重責に耐えかねて、弟に交代してもらっていたんです。貞一さんが専務のふりをし、浩二さんが社長のふりをしていた。二人は双子だったから、それが可能でした。社長秘書の津辺さんと専務秘書の和島さんも入れ替わりを了解していた。しかし、重責に耐えかねていたのは浩二さんも同じでした。御神籤で大凶を引いたことをきっかけに、浩二さんは衝動的に自殺してしまう。津辺さんは深夜にそれを発見し、このままだと大変なことになると気がついた。貞一さんと浩二さんが入れ替わっていたことがばれたら、浩二さんが社長として、貞一さんが専務として決裁した書類はすべて無効になってしまう。下手《へた》したら株主から訴訟を起こされるかもしれない。そうしたら、入れ替わりを了承していた自分たちも責任を問われる……。

パニックになった津辺さんは、とんでもないことを考えだした。浩二さんはすでに死んでいる。死者である浩二さんと入れ替えるには、貞一さんの方も死者にするしかない。そうすれば、遺体置き場で死者たちが並べられたときに、こっそりと入れ替えることができる……。そこで津辺さんは、二号車で専務に扮《ふん》している貞一さんを殺害するよう和島さんに頼んだんです。先ほどから津辺さんと和島さんは何かと対立していますが、これは共犯関係を隠すための芝居でしょう」

和島優介が必死の面持《おもも》ちで言った。

「でも、さっきの片瀬さんの推理のときにも言いましたけど、僕のスマートフォンは昨日の夕方にバッテリーが切れていたんですよ。津辺君が僕に連絡を取れたわけないでしょう」

「それが、可能だったんだ。あなたたちはつないだパイプを伝声管代わりに使ったんですよ」

「どういうことですか」

「和島さん、あなたは二号車のシートのうち一号車に隣り合う側に座っていて、眠るときもそこだった。一号車に隣り合う窓に背中を向けて寝たということです。一号車にいる津辺さんは、パイプをつないで一本の長いパイプにすると、二号車で和島さんが眠っている方に向けて伸ばし、和島さんの背後の窓を叩いた。和島さんは目を覚まし、後ろを振り返る。すると、一号車の車内で、津辺さんが身振り手振りで、窓ガラスを上げろと指示している。和島さんがその通りにすると、津辺さんはパイプの先端を二号車の車内に差し込み、また身振り手振りで、パイプの先端に耳を当てろと指示した。和島さんがそうすると、津辺さんは、何が起きたかをパイプを通して話した。和島さんはやむなく、専務を殺すことにした。そのためのナイフは、さっき、片瀬さんが推理したように、パイプを通して津辺さんが二号車に送り込んだ。津辺さんも林太山神社でナイフを買っていたんでしょう。それを使ったんです」

パイプは、伝声管と、凶器を送り込む通路の二役を果たしたということか。

つぐみの推理はいいところまで行っていたが、犯人と動機が間違っていた。つぐみはいかにも残念そうな顔をしている。

「よくも見破ったな！」

突然、和島優介が梶原新平につかみかかり、その首をぐいぐいと絞め始めた。つぐみはため息をつくと、強烈な回し蹴りを和島の後頭部に炸裂《さくれつ》させた。専務秘書はその場に崩れ落ちた。その様子を一号車で見ていた津辺和樹は、つぐみが一号車に来られないにもかかわらず、彼女の迫力にすっかり参ってしまったらしい。弱々しく両手を上げて降参の意を示した。

そのとき、通話ボタンの下のスピーカーから「長らくお待たせしました！」という係員の声が聞こえ、搬器がゆっくりと動き始めた。隣り合っていた二台の搬器が少しずつ離れていく。しばしの別れだ。和戸は遠ざかる二号車のつぐみに手を振った。

第五話
電影パズル

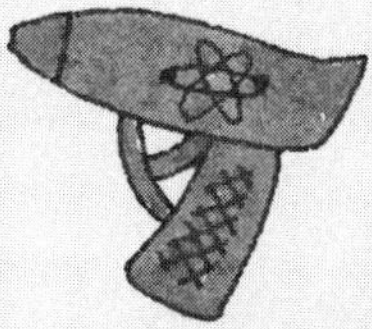

1

巨大な宇宙船の中を和戸《わと》は一人歩いていた。

幅二メートル、高さ二メートルほどの金属の通路。ところどころに照明源が設けられているが、通路はぼんやりと薄暗い。通路はあちこちに分岐し、まるで迷路のようだ。

辺りにまったく人影はない。それどころか、もう何十年も使われた様子がない。いったいここで何があったのだろうか。

不意に耳元で警報音が鳴り、和戸は腰のホルスターからレーザー銃を抜いた。数秒後、そいつが前方から現れた。

空中を浮遊する不定形で半透明の生物。大きさは五十センチほどで、そのからだのあちこちから触手とも腕ともつかぬものが何本も出ている。

和戸はレーザー銃のトリガーを引いた。紫色の光が発射されるが、残念ながら当たらない。そいつはふわふわと空中を漂いながらかなりの速度で迫ってきた。もう一度、撃つが、やはり当たらない。警察学校で受けた射撃訓練の成績がひどく悪かったことを思い出した。こんなことになるならもっと練習しておけばよかった。

そうしているうちにもそいつはどんどん近づいてきた。和戸の前で止まると、触手とも腕ともつかぬものを何本も伸ばしてくる。和戸は思わず目をつぶりそうになった。

そのときだった。そいつが不意に弾《はじ》けてばらばらになった。

後ろを振り返ると、純白の戦闘服に身を包んだ女が、レーザー銃を構えて立っていた。

女は言った。

「あんた、危なっかしくて見ていられないよ。しばらく一緒に行ってあげる」

＊

「皆さんすでに当社のパンフレットでご存じとは思いますが、あらためて説明させていただきます。皆さんにはこれを着けてゲームに参加していただきます」

オーバーレイ・テクノロジー社の市村拓斗《いちむらたくと》は、近未来的なフォルムの黒いゴーグルを掲げてみせた。

「これはヘッドマウントディスプレイ、略称HMDです。これを着けると、皆さんの目の前には宇宙船の船内が広がることになります。他のプレイヤーはもちろん映りますが、彼らも戦闘服を着た姿で表示されます」

「この体育館は見えなくなるんですか？」

七十代の小柄な老婦人が尋ねた。総白髪をおかっぱ頭にして、上品な顔立ちをしている。胸の名札には「村井文枝《むらいふみえ》」とある。

「はい。完全に宇宙船内の映像になります」

彼らがいるのは、十数年前に廃校になった山奥の小学校の体育館だった。オーバーレイ・テクノロジー社はここを買い上げ、『ナイトメア・スターシップ』の会場としたのだ。

七月の暑い盛りだが、体育館の中はひんやりしていた。遠くから蟬《せみ》の鳴き声が小さく聞こえてくる。

体育館には高さ二メートルほどのボードが何十枚も立てて並べられており、一種の迷路を構成していた。そこがゲームスペースで、体育館の床面積のおよそ八割を占めている。

「ボードで作られた通路は、HMDを通して見ると宇宙船内の通路に見えます。ボードの壁に宇宙船内の壁の映像が重ねられるんです」

「ボードの壁は二メートルぐらいの高さしかありませんけど、その上は？」

「ボードの壁より高い空間には、宇宙船内の通路の天井の映像が重ねられます。だから、体育館は完全に見えなくなります」

「うわあ、わくわくしますね」

と村井文枝。まるで少女のようだ。

「それはVRとはどう違うのですか」

と和戸は尋ねた。

「VR——仮想現実は、すべてCGによる仮想世界の映像を使うものです。だから、HMDを通して見えるのはすべて仮想世界で、現実世界と連動していません。それに対して、私どもの『ナイトメア・スターシップ』は、MR――複合現実と呼ばれる技術を用いています」

「複合現実？」

「はい。AR――拡張現実はご存じですね。現実世界にデータや映像、CGを重ねるものです。MRはARを発展させたもので、現実世界にデータや映像、CGを重ねるだけでなく、重ねられた映像やCGと現実世界とのあいだで物理的な相互作用を可能にしています」

「物理的な相互作用を可能にしているっていうのはどういうことなんだ？」

そう尋ねたのは、四十代の男性。身長は百八十センチ以上あり、胴体も手足も太い。胸の名札には「石沢剛《いしざわつよし》」とある。

「重ねられた映像の周りを歩き回ってさまざまな角度から見たりできますし、重ねられた映像に触れて操作したり動かしたりすることもできます。たとえば、エイリアンの後ろに回ったり、エイリアンの腕を斬り落としたりできるんです」

市村は残り二人の男女に目を向けた。

「細田《ほそだ》さんと二見《ふたみ》さんは二度目のご参加ですね。どうもありがとうございます」

男の方は、「細田孝《たかし》」と記された名札を着けていた。二十代後半で、ひょろりとしたからだつきだ。女の方は、「二見涼華《すずか》」と記された名札を着けていた。三十代で、動きがきびきびしており、シャープな顔立ちをしている。

細田が言った。

「すみません、あらかじめ断っておきますが、僕は皆さんと一緒に戦うつもりはありません。一人で戦いたいんです。だから、皆さんの姿が見えたらすぐにその場を立ち去って、別のところで戦いますので悪しからず」

石沢剛がからかうように言う。

「威勢のいいこったな。一匹狼を気取ってるわけか」

「別にそういうわけじゃありませんが、エイリアンは一人で倒した方が楽しいですからね。それに、下手《へた》なプレイヤーの手助けをする羽目になるのもごめんです」

そこで二見涼華が口を挟んだ。

「細田さん、あなた、前回参加したときは他のプレイヤーと一緒に戦っていたじゃないの。考えを変えたの？」

「まあね」

市村が微笑《ほほえ》みながら言った。

「プレイの仕方は人それぞれですよ。コンビを組んで戦う方もいらっしゃるし、一人で戦う方もいらっしゃいます。どんなかたちでも楽しんでいただける、それが当社の『ナイトメア・スターシップ』です」

オーバーレイ・テクノロジー社の『ナイトメア・スターシップ』は、最近広まってきた、VRやARを用いた複数プレイヤー参加型のゲームの一つだった。全国十数か所にゲーム会場が設けられている。

和戸の友人がこのゲームの営業スタッフの一人だった。一度参加してみろと強く勧められ、チケット料金は五千円だが特別割引で半額にしてやるというので、和戸は参加することにしたのだった。

ゲームの設定はこうだ――二十三世紀、とある惑星上で、三十年前に消息を絶った宇宙船が発見される。呼びかけても応答はない。調査隊が組織され、船内を調べることになる。内部に入ると乗組員の姿はない。代わりに、エイリアンたちが襲ってくる。プレイヤーたちはレーザー銃やレーザーセイバーで戦うことになる……。

エイリアンが接近すると、現れる三秒前に警告音が鳴り、視野の右隅に赤い警告マークが現れる。他のプレイヤーが接近しても警告表示は出ない。

レーザー銃もレーザーセイバーもMR用のデバイスだ。レーザー銃のトリガーを引くと、HMDを通しては紫色のレーザーが発射されたように見える。現実の光の速度だと人間が視認できないので、時速二百キロほどにして、発射がはっきりとわかるようにされている。レーザーセイバーは、グリップを握ると、HMDを通して紫色に輝く長さ一メートルほどの剣に見える。

どちらの武器もBluetoothでHMDと接続されている。使用可能なエネルギー量が決まっており、レーザーを何発も撃つにつれて、セイバーを長時間起動させるにつれて、エネルギーが減っていくのがHMDに表示される。

プレイヤーは戦闘服を着ているという設定で、数回、直接攻撃されても耐えられるが、何度も攻撃を受けると防御力が落ちていき、ゼロになると「死亡」したと見なされる。「死亡」した場合、HMDを通して見る宇宙船の床に、光り輝く矢印が連なって表示される。その矢印に沿って歩いていくと、やがて扉が見える。それが最寄りの出口で、扉を開けて出ると、宇宙船内の映像が消え、現実世界――体育館内部が映る。そこでプレイヤーはHMDを外す。

不意に体調が悪化したなどの緊急時には、自分のHMDの前で所定の文字を空中に描く。すると、HMDのコンピュータがそれを認識して緊急事態だと判断し、ゲームの管理者に通報、管理者がゲームを中断するなどの措置を取ることになっている。

＊

いよいよゲーム開始になった。

プレイヤーたちはゲームスペースの入り口に並んだ。ゲームスペースは二メートルほどの高さのボードでぐるりと囲まれている。

市村の指示で、プレイヤーたちはHMDを装着した。まだ仮想世界は重ねられていないので、見えるのはボードの壁のままだ。

目の前で秒読み表示が始まり、ゼロになったとき、目の前のボードの壁が消えて宇宙船の巨大な船体となった。ゲームスペースの入り口はエアロックに変わっている。宇宙船の上に広がる空はまがまがしい赤色で、地面は褐色だ。体育館はまったく見えない。技術の高さに和戸は感嘆した。

エアロックの扉が開き、プレイヤーたちは足を踏み入れた。幅二メートル、高さ二メートルほどの金属の通路。あちこちに分岐する通路がある。プレイヤーたちは分かれることにした。

さっそくエイリアンが現れた。透けて見えたりはせず、本当に目の前にいるようだ。レーザー銃で何とか倒した。

途中で何度か村井文枝に出くわした。七十代の老婦人とは思えない身のこなしで、レーザー銃を撃っている。しかもそれが正確で、確実にエイリアンを倒していく。

石沢剛にも何度か出くわした。レーザー銃を撃ちまくっていたが、途中でレーザーセイバーの方が性に合うと思ったのか、そちらを握って振り回していた。たくましいからだつきの男がレーザーセイバーを振り回す姿は実に迫力があった。ただ、腕の方は今一つで、エイリアンを何度も斬り損ねている。

一度だけ、細田の姿を見かけたが、細田は和戸に気づくと、すぐに駆けて離れていった。まるで和戸をエイリアンだと思っているかのようだった。あくまでも一匹狼で戦いたいらしい。

そうして進んでいるうちに、和戸はもう少しでエイリアンに襲われそうになり、そこを二見涼華に助けてもらった。彼女は和戸が危なっかしくて見ていられないのでしばらく一緒に行ってあげると言い、和戸は彼女と行動をともにすることにした。

2

ＨＭＤの視野の右隅には、経過時刻が表示される。ゲーム開始から二十分経過したときだった。

通路を折れた和戸と二見涼華は、細田が床に転がっているのを見つけた。和戸は駆け寄ると、

「大丈夫ですか」と声をかけた。だが、反応はなかった。ぴくりとも動かない。

嫌な予感がして、和戸は脈を取った。脈動がない。鼻と口に手をかざしたが、息をしていない。

そして、瞳孔が開いている。

「……亡くなっています」

「本当？　いったいどうして……」

「わかりません。しかし、鈍器で殴られたあとが後頭部にあります」

和戸は周囲を見回したが、凶器らしきものは見当たらなかった。

和戸は所定の文字をＨＭＤの前で空中に描いて、管理者の市村に緊急事態を知らせた。ＨＭＤに映っていた宇宙船内の映像が消え、ボードの壁に囲まれた現実世界に戻った。

「どうしたんですか！」

ゲームスペースの外で待機していた市村が駆けつけてきた。倒れている細田の姿を見て近寄ろ

うとする。

「手を触れない方がいいですよ。細田さんは殺されています」

「こ、殺されている……？」

市村は茫然《ぼうぜん》とした。

「はい。後頭部を鈍器で殴られています」

声を聞きつけたのか、村井文枝と石沢剛も現れた。こわごわと細田の死体を見つめている。

「申し遅れましたが、私は警視庁捜査一課の者です。警察に通報します」

和戸はポケットからスマートフォンを取り出すと、一一〇番通報した。状況を簡単に伝え、自分が捜査一課員であることも付け加える。電話を切ってすぐに、今度は着信があった。電話に出ると、所轄署からだった。山奥なので捜査班が到着するまで一時間ほどかかる、それまで現場を保存していてほしいという。

「そういえば、その体育館では十年前にも殺人事件があったんですよ」所轄署の捜査員が言った。

「十年前にも？」

「その頃にはそこの小学校はもう廃校になっていたんですが、卒業生の少年が体育館でナイフで刺されて死んでいるのを、夕方、たまたまパトロールに来た警官が見つけてね。死んで間もないようでした。辺りにはビールの空き缶が散らばっていました。一人分にしては多いので、どうやら少年が仲間と一緒に体育館に入り込んで酒盛りしていたらしい。そして喧嘩《けんか》でもして、仲間にナイフで刺されたんでしょう。少年の仲間の中に犯人がいると見て捜査したんだが、結局、犯人は見つからなかった……」

「その事件は今回の事件と関係があるんでしょうか」

「わかりません。とにかく、現場の保存をお願いします」

通話を終えると、二見涼華が半分感心し、半分呆《あき》れたような口調で言った。

「あなた、刑事さんだったの。あなたみたいに射撃の下手な刑事さんもいるんだね」

「はあ……」

村井文枝が興味津々《しんしん》という顔で言った。

「ねえ、聞こえたんだけど、この体育館じゃ十年前にも殺人事件があったんですって?」

「そのようです」

和戸は所轄署の捜査員から聞いた事件の概要を話した。

「市村さん、あなたはご存じだった?」

「は、はあ。ここの管理を任されたときに、上司から、以前、事件があったとちらっと聞きはしましたが……」

「殺人事件のあった場所でゲームするなんて冗談じゃないぜ。あんたの会社、そんな大事なことを隠してたのか」

石沢剛に詰め寄られ、市村はたじたじとなった。

「申し訳ありません。事件のあと、当社がこの体育館を購入した際、床はすべて張り替えましたし、神主さんにお祓《はら》いもしてもらいましたので……」

「俺はクリスチャンなんだ。神主にお祓いしてもらったってありがたくないんだよ」

「も、申し訳ありません……」

村井文枝が口を挟んだ。

「ねえ、警察が到着するまで一時間ほどかかるって言っていたわよね」

「はい」

「じゃあ、それまでわたしたちで犯人が誰か、推理してみない？」

「推理⁉」

石沢剛が素《す》っ頓狂《とんきょう》な声を出した。

「そう、推理。一時間もじっとしているなんて退屈じゃないの」

どうやらワトソン力が働き始めたようだ、と和戸は思った。

二見涼華が言った。

「細田さんが死亡したら、襲ってくるエイリアンに対処することができず、すぐにゲーム内で『死亡』するはず。だから、ゲーム内で『死亡』した時刻がわかれば、それより少し前が犯行時刻だと特定できるんじゃないかしら。市村さん、ゲーム内で『死亡』した時刻はわかるものなの？」

市村は残念そうに首を振った。

「ログを調べればわかるかもしれませんが、今、この場ではわかりません。私はあくまでも不測の事態が生じたときのために待機しているので、ゲームのログを見る権限は与えられていないんです」

「ゲームスペース内に防犯カメラはないの？」

「あります」

「じゃあ、それを見れば、犯人が誰かすぐにわかるでしょう」

「防犯カメラは要所要所に設置していますが、ゲームスペース内すべてを網羅しているわけじゃありません。ですから、犯行が映っているとは限りません」

「あなたはゲーム中、防犯カメラの映像をチェックしていたんでしょう？　怪しい動きをするプレイヤーはいなかったの」

「いえ、特には。防犯カメラの映像はときどきはチェックしていましたが、ずっと見ていたわけではありませんし……」

「職務怠慢じゃないか」

石沢剛に突っ込まれ、市村は「申し訳ありません……」と謝った。

防犯カメラにはプレイヤーたちはどのように映っているのだろう。和戸はふと想像しておかしくなった。何もない空間に向かって銃を構えたり、棒状のものを振り回したり、さぞかし滑稽に見えることだろう。

「それにしても、わからないわね」

村井文枝が言った。

「犯人はなぜ、ゲーム内で犯行に及んだんだろう。ここで細田さんを殺せば、容疑者がほんの数人に限定されてしまうのに……」

彼女の目が不意に輝いた。いや、彼女だけではない。他に何人もの人間の目が輝いている。何か思いついたようだ。

さて、推理合戦の口火を切るのは誰なのか――。

3

「犯人がわかったような気がするわ」

そう言ったのは、村井文枝だった。彼女が推理の一番乗りのようだ。

「わたしの推理の取っ掛かりとなったのは、『犯人はなぜ、容疑者が限定されてしまうゲーム内で犯行に及んだのか』という疑問なの。こんな状況で犯行に及ぶのはおかしい。にもかかわらず、犯人は犯行に及んだ。とすれば、考えられるのは、犯人は自分の行為を犯行だと思っていなかったということ」

和戸は首をかしげた。

「――自分の行為を犯行だと思っていなかった？　どういうことですか」

「犯人は、エイリアンを殴ったつもりだったの」

「は？」一同はいっせいに疑問の声を上げた。

「犯人は、エイリアンを殴ったつもりで、すぐ目の前にいる細田さんを殴ってしまったんです」

「まだわかりません」

「エイリアンの映像が、たまたま細田さんに重なっていたの。犯人はレーザー銃を撃とうとしたけれど、エネルギー切れだった。そこでとっさに、レーザー銃でエイリアンを殴った。もちろん、仮想世界のエイリアンに打撃を与えるには、レーザー銃で撃つかレーザーセイバーで斬るしかない。だけど、犯人はパニックに陥って反射的に行動していた。その結果、エイリアンの映像が重なっていた細田さんを殴りつけることになった」

「……それは、大変不幸な事故ですね」

「犯人は、エイリアンに向けてとっさに振り下ろしたレーザー銃がエイリアンの姿を通り抜け、その背後にある何かにぶつかって止まったことに驚いたことでしょう。エイリアンが動くか、細田さんが床に倒れるかすることにより、エイリアンの映像の背後にいた細田さんの姿が現れる。自分が何をしたのか悟った犯人は、怖くなって逃げ出すことにしました」

　何とも荒唐無稽な説だが、このゲームで現実世界に重ねられる仮想世界の映像のリアルさを考えれば、一概にありえないとも言えない。

「では、犯人は誰でしょうか。犯人は、レーザー銃のエネルギーが完全になくなっていた人物だと考えられます。それは、ゲームの最中でさかんにレーザー銃を撃っていた人物、そしてゲームの後半ではもっぱらレーザーセイバーを使っていた人物です。そのようなプレイヤーが一人いました。——石沢剛さんです」

「——俺？」

たくましい男は仰天した表情になった。

「ええ、あなたが犯人。ゲームの途中で何度かあなたに出くわしたけど、あなた、最初はさかんにレーザー銃を撃っていたけど、あとの方じゃレーザーセイバーを振り回していたでしょう」

「俺がゲームの後半でもっぱらレーザーセイバーを使ったのは、そっちの方が性に合うって気がついたからだよ。レーザー銃のエネルギーはまだ半分ぐらい残っていたんだ」

石沢剛は市村に目を向けた。

「レーザー銃のエネルギー残量を見ることはできるかな」

「ゲームが終了したら、見られなくなります。ログには残っていると思いますが、私はログを見る権限を与えられていないので……」

そこで和戸は口を挟んだ。

「あのう、レーザー銃で殴ったということですが、そもそもレーザー銃で殴り殺すことは可能でしょうか。プラスチック製でものすごく軽いですし、大した打撃は与えられないように思えるんですが……」

石沢剛が大きくうなずき、腰のホルスターからレーザー銃を抜き取ってみせた。大きな手の中で、レーザー銃はとても小さく見える。

「そう、そうだよ。いくら俺が馬鹿力だって、人が死ぬほどの打撲傷をこんな軽いもので与えられるわけがない」

村井文枝も自分のレーザー銃を抜き取ると、しげしげと眺め、「そうね」と苦笑した。

「エイリアンじゃなく人をこれで死なせるのは無理みたい」

＊
「じゃあ、次は俺が推理させてもらおう」と石沢剛。

「俺の推理も、犯人はなぜ、容疑者が限定されてしまうゲーム内で犯行に及んだのかという疑問に基づいている。俺の答えはこうだ——犯人にとっては、ゲーム内での方が犯行が容易だったから」

「どういうことですか」

「ゲームをしているあいだは、プレイヤーはエイリアンと戦うことに気を取られている。だから、他のプレイヤーに対しては隙《すき》だらけなんだ。エイリアンに対しては警戒しているが、人間に対しては警戒していない。普通だったら、他人が自分のすぐ後ろに立ったら無意識にでも警戒はするだろう。だけど、このゲームをプレイしているあいだは、背後に立つのが人間である限り、警戒はしないんだ。

ただ、犯行が容易だとは言っても、容疑者が限定されてしまうというデメリットもある。犯人は、ゲーム中の犯行は被害者を殺しやすいというメリットと、容疑者が限定されてしまうというデメリットを比較したうえで、被害者を殺しやすいというメリットの方を選んだんだ。

ここからわかるのは、犯人にとって、被害者の殺害はとても難しいことだったということだ。だけど、細田さんはひょろりとした体格で、特に屈強とは言えない。そんな相手を殺すことを難しいと感じるとは、犯人は際立って非力な人物だということになる。この中でそれに該当するのは、村井さんだ」

一同の目が老婦人に注がれる。

「何、その推理。穴だらけじゃない」

そう言ったのは、二見涼華だった。

「弱そうな相手を殺すことを難しいと感じたということは、犯人は際立って非力な人物だと言ったけど、別に非力じゃなくても人を殺すことを難しいと感じるのは当たり前じゃないの。村井文枝さんに限定されないわ」

その通りです、と和戸はうなずいた。

「……確かにそうだな」石沢はちょっと考えてからうなずいた。「それに、非力といえば、村井さんだけじゃなく和戸さんにも当てはまりそうだ」

曲がりなりにも警視庁捜査一課員の自分まで非力と言われるとは。和戸はがっくりきた。

＊

「わたしの推理も聞いてくれる？」

三番手は二見涼華だった。

「わたしの推理も、犯人はなぜ、容疑者が限定されてしまうゲーム内で犯行に及んだのかという疑問に基づいている。わたしの答えはこうよ——このゲームは、プレイヤーを殺すために作られたゲームだった」

「プレイヤーを殺すために作られたゲーム？」和戸は合いの手を入れた。

「そう。『ナイトメア・スターシップ』の圧倒的な臨場感を使えば、プレイヤーを殺すことだってできると思う」

「どうやるんですか」

「細田さんのHMDだけ、他のプレイヤーとは少し違う映像を見せるの。わたしたちのHMDに映された宇宙船の内部は、左右前後に広がってはいたけど、上下には広がっていなかった。現実のゲームスペースがそうなっているから当たり前よね。でも、細田さんのHMDに映された宇宙船の内部は、上下にも広がっていたの。で、このゲームスペースのどこかに、本物の梯子《はしご》がボードに接するようにして置かれていた。その梯子はボードの高さぐらいまでしかないんだけど、HMDを通して見ると、ずっと上まで続いているように見える。その梯子の前まで来た細田さんは、ゲーム内の何らかの演出により、梯子を上るように誘導される。たとえば、火災が発生して細田さんに向かって迫ってくるとかね。細田さんは梯子を上がるけど、現実の梯子はボードの高さぐらいまでしかなくて、その先は仮想世界の梯子。だから、細田さんの手は途中で宙をつかむことになり、細田さんはバランスを崩して前にのめり、ボードの壁を挟んで反対側の通路に転落することになった。ボードの高さは二メートルぐらいある。少なくともそれだけの高さから頭を下にして落ちたら、打撲傷を負って亡くなってもおかしくない」

なるほど、だから「プレイヤーを殺すために作られたゲーム」というわけか。

「細田さんのHMDにだけ他のプレイヤーとは違う映像を流せるのは、ゲームの管理者の市村さんだけ。市村さんが犯人ということになる」

市村拓斗は「私が犯人？」と目を丸くする。

「とんでもありません。細田さんのHMDにだけ別の映像を流すなんて、そんなことできませんよ。私は『ナイトメア・スターシップ』の開発者じゃない。全国のあちこちで開催されているこのゲームの管理者にすぎません。ゲーム会場を管理したり、プレイヤーの皆さんにゲーム内容を説明したり、ゲームを開始させたり終了させたり、プレイヤーの皆さんが万が一お怪我をしたら手当をしたりと、要するに雑用係にすぎないんです」

石沢剛が口を挟む。

「そもそも、二メートルの高さから落ちたら、HMDは壊れているはずだろう」

＊

「皆さんの推理をうかがっているうちに、私も推理が浮かびました」

そう言ったのは、市村拓斗だった。

「お客様を告発することになって大変恐縮なのですが……」

「いいから言ってみなさいよ。推理は無礼講よ」と二見涼華。

「ありがとうございます。それでは失礼して、推理を披露させていただきます。――これまでの推理はいずれも、『犯人はなぜ、容疑者が限定されてしまうゲーム内で犯行に及んだのか』という点を取っ掛かりにしていますが、私もそうしようと思います。犯人がこのゲーム内で犯行に及んだのは、それによってアリバイを作ることができるからです」

「アリバイ？　どうやって？」

「HMDを通して見ると、ボードの壁およびその上の空間は宇宙船の船内に見えます。そこで、遺体をボードの壁の上に乗せれば、ボードの壁の上の空間には宇宙船内の映像が重ねられるので、遺体は見えなくなるはずです。それにより、細田さんの死亡時刻を実際よりあとに思わせることができるでしょう」

「ボードの壁に乗せるのは無理でしょう。ボードの厚さは三センチ程度しかないんですから」

「ボードの壁は、向かい合うボードとのあいだで上端部分に補強用の細い板を渡してあります。しかも、強度を保つために細い板はX字状に渡してある。このX字状の部分の上にならば、遺体を乗せることができると思います。そして、ここには、宇宙船内の映像が重ねられるので、遺体は見えなくなります。

遺体を発見させたいときは、遺体を突いてやればいいんです。そうすれば、遺体はバランスを崩して床に落下し、プレイヤーの皆さんに見えるようになります」

「実験してみましょう」

村井文枝が目を輝かせて言う。七十代とは思えないほどアクティブである。

相談した結果、もっとも運動神経のよさそうな石沢剛がボードの壁の上に乗ることになった。

村井文枝と二見涼華と和戸がHMDを装着し、市村拓斗がゲーム映像をHMDに表示させる。

和戸たち三人はHMDを着け、ゲームスペースの入り口に立った。HMDから見えていた現実世界に、宇宙船内の映像が重ねられる。和戸たちの横に立っていた戦闘服姿の石沢が、「じゃあ、行くぜ」と言って、宇宙船の壁の前でジャンプした。石沢は両手を伸ばしたまま、宇宙船の壁に張り付いた姿となった。手首から先が消えている。何とも奇妙な光景に和戸は驚きの声を上げた。HMDを外すと、石沢はボードの壁の上端をつかんでぶら下がっていた。HMDを着けると、また奇妙な光景が戻った。

「じゃあ、ボードの上にのぼるぜ」

石沢が言い、腕を曲げてからだを引っ張り上げた。すると、その頭が、続いて上体が消え、最後に足が消えた。宇宙船の通路で石沢の姿は完全に消えてしまった。

和戸はまたHMDを外してみた。石沢は完全にボードの上に立ち、向かいのボードとのあいだに渡された細い板の上に足を置いてバランスを取っていた。村井文枝と二見涼華も和戸と同じようにして確認し、驚きの声を上げている。

ふと気になってHMDをまた着けると、エイリアンがまさに襲いかかってこようとしていた。戦おうにも、レーザー銃もレーザーセイバーも持っていない。仕方がないので、HMDを外してほうっておくことにした。すぐに「死亡」するだろう。

和戸たちはゲームスペースを出て、市村と合流した。和戸たちが結果を報告すると、市村は「やはり見えなくなりましたか」と満足そうにうなずいた。

「犯人はこれを用いて、アリバイを作ったのだと思います。具体的には、ゲームの前半で犯行に及び、細田さんの遺体を隠しておき、他のプレイヤーと一緒に戦ってアリバイを作ったのでしょう。そして、適当なところで細田さんの遺体を『発見』した。この条件に合うのは、和戸さんと二見さんです。お二人のどちらかが犯人なのではないでしょうか。

二見さんは、和戸さんが危なっかしくて見ていられないと言って和戸さんと行動をともにされました。しかし実際には、これはアリバイ作りのためだったのではないでしょうか。つまり、二見さんが犯人ということになります。失礼ですが、和戸さんはアリバイの証人にするには打ってつけです。細田さんのように一人で戦うと言ったり、他のプレイヤーに助けてもらうことを嫌がったりするようには見えません」

それは、ほめられているのだろうか。なんとなく馬鹿にされている気もするが。

二見涼華が言った。

「市村さん、あなたの推理は穴だらけだよ。他のプレイヤーが皆、一人で戦いたがるタイプだったらどうするの。どんな人が参加するかなんて、前もってわからないのよ」

「仮に他のプレイヤーが皆、一人で戦いたがるタイプだったとしても、すぐそばで戦っていれば、嫌でも目に入ります。それが立派なアリバイになるでしょう」

「細田さんの遺体をボードの壁の上に乗せておいて、突いて落とすというけど、遺体が落ちたら大きな音がする。それに、遺体に傷がつくでしょう。あとで警察に調べられたらすぐばれるよ」

「……そう言われれば、そうですね」

「だいたい、二メートルもあるボードの壁の上にどうやって遺体を持ち上げるというの。無理に決まってるじゃない」

4

「あの、もう一度、推理していいかしら」

そう言ったのは村井文枝だった。

「どういうわけか、頭が冴《さ》えてね。新しい推理が浮かんだのよ」

それは、ワトソン力の影響だ。

「わたしが不思議に思ったのは、細田さんの振る舞いなんです。細田さんは、『僕は一人で戦うのがいいんだ』と言っていました。実際、他のプレイヤーと出くわしても、一緒に戦ったりせず、すぐにその場を立ち去った。だけど、二見さんのお話では、前回、参加したときは一緒に戦ったそうね。どうして今回はそんなにがらりと変わってしまったのかしら。『エイリアンは一人で倒した方が楽しい』と思うようになったのかもしれないけど、他のプレイヤーを見かけたら駆けて離れていくというのは極端すぎる」

「……確かに、極端すぎますね」

「わたしは、ここから一つの結論にたどり着いたの——細田さんはゲーム中、HMDを外していたんです」

「——HMDを外していた？　でも、細田さんを見かけたとき、HMDを着けていましたよ」

「そっくりの偽物よ」

「どうしてそう言えるんですか」

「もし他のプレイヤーと一緒に戦ったら、他のプレイヤーには見えているエイリアンに細田さんが反応しないこと、つまり細田さんが着けているHMDが偽物であることがばれてしまう。だから、細田さんは一人で戦いたがったの。それも、他のプレイヤーを見かけたら駆けて離れていくという極端さで」

「確かにそう考えれば細田さんの振る舞いは説明がつきますが……」

「細田さんは最初は本物のHMDを着けていた。そうしないと、ゲームスペースに入るときのタイミングがずれたりして、他のプレイヤーに不審に思われるから。でも、他のプレイヤーと分かれて一人になると、すぐにHMDを外して、外観がそっくりの偽物を着けた。偽物は折りたたんで服の下にでも隠し持っていたんでしょう。そして、外した本物の方を服の下に隠した」

「でも、細田さんは、死体となって発見されたときは、HMDを着けていましたよ」

「犯人が犯行後、偽物を外して本物を着けたの。細田さんは前回もゲームに参加していたそうね。そのときにどのようなタイプのＨＭＤを用いているか把握していたので、偽物を用意することができた。というより、前回参加したのは、どのようなタイプのＨＭＤを使用しているのか把握するためだったのでしょう」

「細田さんはなぜ、ゲーム中にＨＭＤを外していたんですか」

「ＨＭＤを着けていたら見えない『何か』を見るためよ」

「何ですか、それは」

「ＨＭＤを着けていたら見えない『何か』とは、ＨＭＤを着けていると自動的に仮想世界を重ねられてしまうもの。そして、ゲームの中で自動的に仮想世界を重ねられてしまうものは、ボードの壁やその上の空間、天井。ゲーム中はそれらに宇宙船内の映像が重ねられてしまいますからね」

「なぜ、ゲーム中にボードの壁やその上の空間、天井を見ようとしたんですか」

「それは今のところわからない。だから、ひとまず置いておくことにしましょう。とにかく、犯人は、細田さんが『何か』を見つけたことに気がつき、細田さんの口を封じることを決意したのだと思います。

　犯人はなぜ、容疑者が限定されてしまうゲーム内で犯行に及んだのかということが謎になったけど、それは、ゲーム中に犯行動機が生じ、ゲーム終了後まで細田さんを生かしておくわけにはいかなかったからだったんです」

村井文枝は一同を見回した。

「じゃあ、犯人は誰なのでしょうか。細田さんがＨＭＤを外していなければ気づかない『何か』に気づいたことに、犯人は気づきました。それは、犯人もＨＭＤを着けていなかったということを意味するわ。もし犯人がＨＭＤを着けていれば、細田さんが宇宙船内を眺めているようにしか見えないでしょう。犯人もＨＭＤを着けていなかったからこそ、細田さんが『何か』を見ていることがわかったんです。犯人もＨＭＤを着けていなかった――これが、犯人を特定する条件よ」

「犯人もＨＭＤを着けていなかった……」

「ゲーム中にＨＭＤを着けていない人物は、そのことを他のプレイヤーに知られないために、細田さんと似たような行動を取ったはず。他のプレイヤーを見かけたらすぐに離れたはず。でも、そのような行動を取っていたプレイヤーはいなかった。したがって、プレイヤーの中に犯人はいないことになります」

「――プレイヤーの中に犯人はいない？　じゃあ、犯人は……」

「市村さんです」

一同にいっせいに見つめられ、市村は顔の前で激しく手を振った。

「な、何を言うんですか。僕が犯人なわけないでしょう」

「あなたは防犯カメラの映像を見て、細田さんの動きがおかしいことに気がついた。レーザー銃を構えたりレーザーセイバーを振り回したりせず、ただあちこちを見回している。そこであなたは、細田さんがＨＭＤを外して肉眼で見ていること、仮想世界の映像が重ねられてしまう体育館内の『何か』を探していることに気がついた。その『何か』に気づかれては困るあなたは、急いで細田さんを殺害することにした」

「そんなことできるわけないでしょう。細田さんを殺そうとすればゲームスペースに足を踏み入れる必要があるけれど、そうすればプレイヤーの皆さんに必ず見つかってしまう」

「いいえ、あなたなら、わたしたちプレイヤーに気づかれずに細田さんのそばに行くことができました」

「いったいどうやったというんですか」

村井文枝はにこりとした。

「あなたはボードの壁の上を歩いて細田さんのところまで行ったんです。ボードの壁は、向かい合うボードとのあいだで上端部分に補強用の細い板をX字状に渡してある。そこを歩けば、床に降りることなく、ボードの壁の上だけを通って、細田さんのところに行くことができます。ボードの壁の上は宇宙船内の映像が重ねられますから、HMDを着けているわたしたちプレイヤーには市村さんの姿は見えなかった。一種の透明人間ね。あるいは、秘密の通路というべきかしら」

なるほど、と和戸は思った。市村の推理で行った実験で、ボードの壁の上は隠し場所に使えることがわかったが、それは同時に、秘密の通路としても使えるということなのだ。

「細田さんには市村さんの姿は見えたでしょうけど、見えないふりをしていたでしょう。どうしてHMDを外しているんですかと問われることになるから。市村さんは細田さんのところまで来てボードの壁から降りる。細田さんもさすがにここまで来られたら見えないふりをすることはできない。何をしているんですかと市村さんに尋ねたかもしれない。市村さんは、プレイヤーの皆さんの邪魔にならないよう、皆さんには見えないところを歩いて見回りをしているんですとか適当なことを言い、不意を衝《つ》いて、隠し持っていた鈍器で細田さんを殴って殺害した……」

和戸はそこであることに気がついた。

「そういえば、さっき市村さんが推理を披露したとき、『二見さんは、和戸さんが危なっかしくて見ていられないと言って和戸さんと行動をともにされました。しかし実際には、これはアリバイ作りのためだったのではないでしょうか』って言いましたね。『危なっかしくて見ていられない』という二見さんの言葉を、市村さんはどうやって知ったんですか。市村さんは僕たちプレイヤーを見るにしても、防犯カメラ越しだから、声は聞こえないでしょう。それなのに二見さんの言葉を知っているのは、市村さんがボードの壁の上を歩いていて耳にしたからじゃないですか」

図星だったようだ。市村は見る見るうちに青ざめた。

二見涼華が村井文枝に尋ねた。

「細田さんが気がついた『何か』は何だったのか、わかりますか」

「可能性としては、仮想世界の映像が重ねられるすべての場所——床、ボードの壁、その上の空間、天井が考えられるわね。でも、床やボードの壁は可能性が低いでしょうね。ゲームスペースを点検する人は、市村さん以外にもいるでしょうから、床やボードの壁に『何か』があれば、その人たちに気づかれていたでしょう。それに、床やボードの壁に『何か』があれば、市村さんはとうの昔に対処していたはず。だから、『何か』はボードの壁より上の空間にあると考えられる。

ボードの壁より上の空間というと、体育館の壁や天井ね。そこに『何か』があるんじゃないかしら。たとえば、体育館の天井は構造物がむき出しになっているから、ボールなんかが引っかかりやすい。ちょうど、あれみたいにね」

村井文枝は天井を指差した。目を凝らすと、彼女の言葉通り、構造物の隙間《すきま》にバレーボールらしきものが挟まっているのが見えた。

「あのボールは隙間に挟まっているから、真下からでないと見えない。そして、真下にはこのゲームスペースが広がっている。だから、ボールを確認しようと思ったら、ゲームに参加し、ゲームの途中でHMDを外して天井を見上げるしかない。細田さんはそのためにここに来たのよ」

＊

四十分後、ようやく警察が到着し、市村は自分が犯人だと自供した。

細田が気づいた『何か』、市村が隠したかった『何か』は、やはり天井の構造物に引っかかったバレーボールだった。

十年前、この体育館で卒業生の少年を殺したのは市村だった。市村と少年は元同級生で、もう一人の元同級生とともに体育館に入り込んで酒を飲んだり、バレーボールで遊んだりしていたが、些細《ささい》なことから争いになり、市村は元同級生をナイフで刺殺してしまった。我に返った市村は、歩こうとして足元のバレーボールにつまずき、倒れ込んだ。そのときに血のついた手でバレーボールをつかんでしまった。そこで、パトロールの警官のバイクが停まる音が外で聞こえた。市村は血の手形のついたバレーボールを持って逃げようとしたが、こんなものを持っているところを見つかったら一巻の終わりであることに気がついた。運を天に任せてバレーボールを天井目がけて蹴り上げると、ボールは奇跡的に天井の構造物の隙間に挟まれ、引っかかった。市村はもう一人の仲間とともにその場から逃げ去った。

捜査の手が市村に伸びてくることはなく、市村は安堵《あんど》した。しかし、オーバーレイ・テクノロジー社がその体育館をゲーム会場として使うことになった。誰かが天井の証拠に気づくのではないかと不安になった市村は、ゲーム会場の管理係として働くことにした。

被害者の細田は、殺された少年の弟だった。彼はもう一人の元同級生から、市村が兄をナイフで刺したこと、血の手形のついたバレーボールを体育館の天井に引っかからせたことを聞いた。細田は市村が犯人である証拠をつかむために、『ナイトメア・スターシップ』にプレイヤーとして参加することにしたのだった。

ゲーム内で殺人が起き、しかも犯人はゲームの管理者だったということで、オーバーレイ・テクノロジー社は『ナイトメア・スターシップ』の中止を発表した。しかし皮肉なことに、マスメディアで事件が報じられた結果、『ナイトメア・スターシップ』とそのMR技術への世間の関心が一気に高まり、再開を望む声が殺到した。悪いのは犯人であってゲームではないという擁護の声も多かった。そこで事件から一か月後、ゲームが再開されたが、チケットの倍率は十倍を超えたという。

『ナイトメア・スターシップ』の営業スタッフである和戸の友人も大喜びし、お礼の電話をかけてきた。現在、製作中の『ナイトメア・スターシップ2』では、宇宙船の調査隊が襲いかかるエイリアンと戦いつつ、調査隊の中で起きた殺人事件の謎にも挑むという内容になるという。MR技術でリアルな死体の描写にも挑むんだ、お前は殺人事件で死体を見慣れているだろうから監修協力してくれよ、と友人に頼まれたが、和戸は断った。そんなことをしたら警察をクビになってしまう。

第六話

服のない男

1

和戸宋志《わとそうじ》は警視総監室の前に立つと、深呼吸した。

警視総監室の前に立つのは二年三か月ぶりだ。前回は、日本を代表する家電メーカーの会長、笹森俊介《ささもりしゅんすけ》の娘の婿《むこ》候補が集うパーティに警視庁代表として送られる羽目になり、おまけに殺人事件に遭遇した。今回もおかしなことに巻き込まれなければよいのだが。

ノックをすると、どうぞ、という声が中から聞こえてくる。失礼します、と和戸は言い、ドアを開けて足を踏み入れた。緊張のあまり心臓が破裂しそうだ。

部屋の中央に黒檀《こくたん》のデスクが置かれている。その向こうに座った警視総監が、ソファを指差してにこやかに言った。

「まあ、座ってくれ」

はい、と和戸は答えたが、立ったままでいた。

「いいから座りなさい」

このやり取りも前回とまったく同じだ。失礼します、と言って腰を下ろす。

「捜査一課第二強行犯捜査第三係の活躍はあいかわらずじゃないか」

「ありがとうございます」

第三係は和戸が所属している係である。検挙率十割という驚異的な数字を誇っている。

「君は目立った活躍こそないものの、君がいると捜査員たちの閃《ひらめ》きが増す、立派なムードメーカーだと係長がほめていたぞ」

「恐れ入ります」

「ところで、今日、君を呼んだのは、頼みごとがあるからなのだ」

「頼みごととおっしゃいますと」

嫌な予感がした。

「笹森氏が、君をあきる野市のコテージに招待したいと言っていてね」

「私をですか」

「ああ。知っての通り、笹森氏は君のことを大層気に入っておられる」

「光栄であります」

「笹森氏の周りは野心に満ちた切れ者ばかりだそうでね。それとは正反対の君のような青年を見るとほっとするそうだ」

「恐悦至極であります」

「で、笹森氏が招待したいというコテージだが、笹森氏が最近、買い取ったものでね。社員の福利厚生施設として使うつもりだが、まずはご自分で使い心地を試したいそうだ。ご自分一人ではつまらないので、令嬢とそのお友達、令嬢たちと同世代の青年も呼びたいとのことだ。ひょっとしたら、令嬢の婿探しを兼ねているのかもしれんな」

婿探し……散々な結果に終わった昨年のことを思い出し、嫌な予感が強まる。

「どうだ、行ってくれるかね。二泊三日の予定だそうだ。行ってくれるのだったら、有休を取れるよう第三係係長に私の方から言っておく」

「は、ありがとうございます。喜んで行かせていただきます」

和戸は重い気分で答えた。

2

当日は、現地最寄り駅前の喫茶店に集合することになった。そこからマイクロバスでコテージ村に向かうのだという。

十月の空はよく晴れ、空気は心地よかった。これなら、前回のように台風でクローズドサークルになることもあるまい。

喫茶店のドアを開けると、奥のテーブル席に六人の男女がいるのが見えた。初老の小柄な男が、和戸を見るなり満面の笑みを浮かべた。笹森俊介だった。

「久しぶりだね。今日は忙しいのにわざわざ来てくれてありがとう」

「お招きいただきありがとうございます」

「あいかわらず活躍しているそうじゃないか。君のいる第三係は検挙率十割だと聞いているよ」

「ありがとうございます。同僚や上司が優秀なおかげです」

「いやいや、君がいない日は捜査会議も低調だと聞いたよ。君も大きく貢献しているんだ」

俊介の右隣には、二十代前半の、長身で美貌の女性がいた。娘の月子《つきこ》だ。和戸にちらりと目を向けると、そっけなくうなずいた。一昨年の七月に南門島《なんもんとう》で起きた事件のあと、アメリカに留学したと聞いているが、今は長期休暇で帰国しているらしい。

月子の右隣には、同年代の女性が座っていた。荒削りな顔で、髪を赤や紫や白などさまざまな色に染めている。大柄でがっしりしており、両腕も丸太のように太い。

「時任果歩《ときとうかほ》さんだ。月子とは中学のときからの親友でね、プロレスラーをしている」

どうも、と時任果歩が野太い声で言った。

「バイソン果歩という名前でリングに上がってます」

月子と果歩の向かいには、二十代の男性が二人いた。細身の美男子と、身長百六十センチを切るのではないかと思われる小男だ。

「氏丸光平《うじまるこうへい》君だ。殿村《とのむら》商事社長の息子さんで、現在は資材課の課長をしている」

そう紹介されたのは細身の美男子の方だった。脚がすらりと長く、デニム生地のジャケットとジーンズを身につけているのが実にさまになっている。

「塩崎茂《しおざきしげる》君だ。総合病院で外科医をしている」

そう紹介されたのは小男の方だった。小柄なからだに老成した顔が載っているのが妙にアンバランスだ。

最後の一人、俊介の左隣にいるのは、一昨年の七月の事件でも会った執事の平山《ひらやま》だった。背が高く、がっしりとした体格で、地味だが高価そうな背広を一分《ぶ》の隙《すき》もなく着こなしている。口ひげを生やしたなかなかの二枚目だ。

五分ほどして、喫茶店のドアが開き、六十歳手前の実直そうな男が入ってきた。コテージ村の管理人で、北島《きたじま》という名前だという。彼の運転するマイクロバスで、一同はコテージ村に向かうことになった。

マイクロバスは駅前を離れるとすぐに、田園地帯に入った。やがてそれも終わり、山中へと入る。そうして十分ほど走ると、不意に視界が開けた。

林を切り開いてできた数百坪の敷地が広がっていた。敷地の入り口付近に大きめのコテージが一棟あり、その周囲に小さめのコテージが七棟ある。大きめのコテージは管理棟、小さめのコテージが滞在客のものらしい。半円の中心に管理棟が位置し、円弧上に七棟のコテージが等間隔で位置していると言える。

一同はまず、管理棟に入った。七棟のコテージの滞在客全員が集まれるような大きな食堂に案内される。特大の一枚板テーブルが置かれていた。食堂の一方の壁際にはウォーターサーバーが置いてある。奥には厨房《ちゅうぼう》と管理人の北島の部屋があるようだ。

「朝、昼、晩のお食事は、ここで召し上がっていただけます。私がお作りいたします。もちろん、それぞれのコテージにもキッチンがありますので、そこでご自分で料理していただくこともできます。その場合、食材は町までご自分で買いに行っていただき、足りないものはこちらでお貸しします」

お疲れでしょうから、と言って、北島は紅茶と洋梨のタルトを出してくれた。タルトは手製だという。とてもおいしかったので、これは料理にも期待が持てそうだと和戸は思った。

だが、そこで月子が爆弾発言をした。

「今日の夕食なのだけど、わたしが作っていいかしら」

果歩が飲んでいた紅茶にむせた。「それは楽しみですね」と氏丸光平が言い、「メニューをうかがってもいいですか」と塩崎茂が笑みを浮かべる。

「出来上がってのお楽しみよ」と月子。

笹森俊介が不安そうな顔になるのを見て、和戸も猛烈な不安に駆られた。父親が不安そうな様子を見せるとは、月子の料理はいったいどんなものなのだろうか。

「あたしも手伝おうか？」

果歩が声をかけたが、月子は「大丈夫、一人でできるから」と断った。わかった、と果歩はうなずく。強面《こわもて》の彼女の顔に動揺の色が浮かんでいるのを見て、和戸はさらに不安になった。

「ここにはテニスコートもあるんだ。若い人たちでテニスをしたらどうかな」と笹森俊介が提案する。

「いいですね」塩崎茂がうれしそうに言った。「月子さん、果歩さん、僕、氏丸さん、和戸さんで五人ですから、一人が審判になって、四人でダブルスをしましょう。交代でやればいい」

月子、果歩、和戸は同意したが、氏丸は残念そうに首を振った。

「僕はやめておきます。ちょっと足が痛いので」

氏丸はこういうとき、少々足が痛くても参加するタイプに見えたので、意外だった。

お茶を終えたあと、一同はそれぞれのコテージに荷物を置きに行った。円弧上に並ぶ七棟のコテージには、右から順に、執事の平山、笹森俊介、氏丸光平、塩崎茂、和戸、月子、時任果歩が入った。

コテージは二階建てで、一階がリビングとキッチンとユニットバス、二階が寝室となっている。リビングにはテーブルが一台、椅子が二脚、二人掛けのソファが一台と、テレビが置いてある。キッチンには小型の冷蔵庫。扉を開けると、ミネラルウォーターのペットボトルが二本入っていた。

和戸はリビングの床に荷物を置いて、肩をほぐした。二泊する予定なので、荷物の量がけっこうあるのだ。

＊

夕食は七時からだった。

一同が食堂のテーブルを前にして座ると、厨房から月子が大きなワゴンを押して出てきた。その上には湯気の立つ皿が七皿、載っている。ハンバーグだった。傍《かたわ》らにはブロッコリーと人参のグラッセが添えられている。

見た感じはまともではないか、と和戸は思い、いや、食べてみるまでは油断できないぞ、と考え直した。

月子が各自の前に皿を配っていく。遠目にはまともに見えたハンバーグだが、近くで見るとそうではなかった。第一に、かたちがいびつだ。第二に、焦げすぎている。

いただきます、と唱和したあと、皆、恐る恐る口に運んだ。和戸も一口食べる。焦げすぎているのはわかっていたが、予想していなかったのは、肉の味しかしないことだった。塩はもちろん胡椒もナツメグも入っていない。

「月子、ハンバーグに塩胡椒を入れたかね？」と笹森俊介が尋ねる。

「もちろんですわ、お父様」

「よく捏《こ》ねたかね？」

「あら、忘れていたわ」

月子が平然として言ったので、和戸はずっこけそうになった。

「素材の味がしておいしいですよ」塩崎茂が苦しいお世辞を言う。

「月子、この前よりは腕を上げたんじゃない？」と果歩。これでこの前より腕を上げたのだったら、この前はどんなものだったのだろうか。

氏丸光平は、涙ぐんで食べていた。涙ぐむほどおいしいのだろうか？　蓼食《たでく》う虫も好き好きだと和戸は嘆息した。

3

翌朝、和戸が目を覚ましたのは午前七時半頃だった。

一階のリビングに降り、洗面所で顔を洗おうとして、蛇口から水が出てこないことに気がついた。ユニットバスの蛇口も試してみたが、こちらも同じだ。いったいどうしたのだろう。

仕方がないので、顔を洗わないままひげを剃り、着替えをした。八時から、管理棟で朝食を取ることになっている。今度は管理人の北島が作ることになっているので安心だ。北島の料理の腕がどれほどのものかはわからないが、少なくとも月子よりはましだろう。

管理棟に向かうと、月子と果歩がそれぞれのコテージから歩いてくるのに出くわし、朝の挨拶を交わした。果歩は右手を挙げて挨拶しようとして、「いてて」と顔をしかめた。

「水が出ませんでしたね」と和戸が言うと、果歩が「そうなんだよ！」とうなずいた。和戸のコテージだけの現象ではなかったようだ。

「お化粧の前に洗顔ができなかったわ」と月子はお冠《かんむり》だった。

管理棟の食堂に入ると、テーブルにはすでに笹森俊介がついていて、新聞を読んでいた。その傍らには執事服姿の平山が立っている。大手家電メーカー会長は和戸たちを見ると微笑して、おはようと声をかけてきた。誰よりも先に来ているとは。和戸は恐縮して挨拶を返した。

「お父様、断水していますわ！」月子がふくれっ面《つら》で言う。

「そのようだね。北島君に訊《き》いたら、コテージ村の設備を調べてみたが問題ないので、水道局に問い合わせたところ、コテージ村に水を運ぶ水道管が老朽化して破裂したそうだ。それで断水したらしい。現在、水道局が復旧作業中とのことだった」

「水が出なかったら、朝食が作れないんじゃないですか？」と果歩が心配そうに訊く。この立派な体格では、朝食が食べられないのはつらいだろう。

「ウォーターサーバーの水を使って調理するので大丈夫だそうだ」

塩崎茂も食堂に現れた。

平山が腕時計をちらりと見ると、「八時になりました」と笹森俊介に言った。

「氏丸様がまだお見えではありませんが、いかがしましょうか」

「先に食べよう。氏丸君は疲れているのだろう。寝かせておいてあげよう」

「かしこまりました」

平山は厨房に消えると、ワゴンを押して戻ってきた。ワゴンの上には、オムレツ、サラダ、パンなどが盛られた皿が載っており、見るからに食欲をそそる。平山は堂に入《い》った仕草で料理を配っていった。イギリス映画の執事役にそのまま使えそうだ。

管理人の料理は想像していた以上においしかった。これなら、このコテージ村の目玉の一つとなるだろう。笹森俊介は満足そうにうなずき、時任果歩は「おいしかったー」とため息をついた。月子の顔にも不承不承ながらの感嘆の色が浮かんでいる。塩崎茂は食後のコーヒーを目を細めて飲んでいた。

「こんなおいしい朝食を氏丸君がまだ食べていないとは気の毒だ。そろそろ起こしてこようか」と笹森俊介が言う。

私が呼んできましょう、と和戸は言い、食堂を出た。

氏丸のコテージの前に立ち、ドアをノックするが、返事はなかった。もう一度ノックするが、やはり返事はない。ノブをひねると、鍵はかかっていなかった。もう起きてはいるようだ。

和戸は「氏丸さん、おはようございます」と声をかけながらドアを開けた。そのとたん、目に飛び込んできた光景に茫然《ぼうぜん》とした。

リビングの床に、氏丸が仰向《あおむ》けに倒れていたのだ。しかも一糸まとわぬ裸だった。

和戸は恐る恐る近づいた。氏丸は目を見開いたまま死んでいた。念のために、脈を取り、呼吸を確認してみたが、死んでいることは間違いなかった。捜査一課員としての経験から見て、死後、四、五時間は経過しているようだ。

なぜ、死んだのか。氏丸は持病があるようには見えなかった。とすれば、他殺が疑われる。見たところ、ナイフの類は刺さっていないし、皮膚に出血のあともない。嘔吐《おうと》のあともないから、毒で死んだのでもないようだ。

頭部をよく見ると、髪の一部が血で固まっているのが見えた。頭部を鈍器で殴打されたのだ。

見たところ、周囲に鈍器のようなものは見当たらない。

和戸はコテージを出ると、管理棟に向かって走り、食堂に飛び込んだ。滞在客たちは皆、テーブルを囲み、執事の平山と管理人の北島がそばに立っていた。彼らの目がいっせいに和戸に向けられる。

「ご苦労だったね。氏丸君は起きていたかね？」

笹森俊介が訊いてくる。和戸は一同を見回した。

「落ち着いて聞いていただきたいのですが……氏丸さんが亡くなっています」

「――亡くなっている？」

一同は息を呑《の》んだ。

「はい。コテージ一階のリビングの床に倒れています」

「和戸君、それは確かかね？」と笹森俊介。

「亡くなっていることをはっきりと確認しました。頭部を殴られているようです」

「殺されたってことですか!?」

塩崎茂が悲鳴のような声を上げた。はい、と和戸はうなずいた。

「私も確認しておこう」

笹森俊介が立ち上がると、他の滞在客たちも立ち上がった。

「女性陣はここに残っておいた方がいい」

「お父様、大丈夫ですわ。わたしたちも一緒に行きます」

月子が言い、果歩もうなずく。

「あの、氏丸さんは裸の状態ですので、ご覧になるときはお気をつけください」

何だか変な言い方だなと思いながら、和戸は月子たちに言った。

「別に悲鳴を上げたりしないから、ご心配なく」月子がそっけなく言う。

一同は氏丸のコテージに着き、リビングに入ると、床に倒れている氏丸の死体を取り囲んだ。

優男が真っ裸で倒れている姿は何とも哀れを誘うものだった。和戸はあらためて室内を見回したが、氏丸の衣服は見当たらない。

「警察に知らせましょう」

和戸はスマートフォンを取り出した。警察に通報するのは、やはり警察官である自分がいいだろう。

係員が出ると、和戸はコテージ村で死者が出たこと、他殺の疑いがあることを知らせ、自分は警視庁捜査一課員だと名乗った。ただちにそちらに捜査員を差し向けると係員が言うかと思いきや、返ってきたのは意外な言葉だった。

「すみません、うちがそちらに着くのはどんなに早くても二、三時間後になると思います」

「え、どうしてですか？」

「実は、今日の午前一時頃、そちらに向かう道路の真下で、老朽化した水道管が破裂しましてね、地上に水が噴き出して道路が冠水しているんです。警察車両が通れないので、徒歩で向かうことになります。そうすると、そちらに到着するのはどんなに早くても二、三時間後になる」

「そうですか……」

「ですので、現場の保存をお願いします」

コテージ村に断水をもたらした水道管の破裂がクローズドサークルを作り出したとは。自分はつくづくクローズドサークルに祟《たた》られているらしい。

4

和戸から状況を説明された一同はざわめいた。

「また殺人事件に出くわしてしまったな」と笹森俊介が言う。

「以前にも殺人事件に出くわされたことがあるんですか？」塩崎茂が驚いたように訊く。

「ああ。一昨年の夏、瀬戸内の島にあるうちの別荘で事件が起きてね。私と、月子と、平山と、和戸君が居合わせたんだ」

「犯人はわかったんですか」

「ああ、無事解決した」

「あのさ、現場の保存って何をしたらいいんだい？」時任果歩が和戸に訊く。

「特に何もする必要はありません。というより、何もしないことが現場の保存です」

「そうなの。でも、せめて氏丸さんに何かかけてあげようよ。このままじゃかわいそうだよ」

女子プロレスラーは、荒っぽい外見とは裏腹に優しい心の持ち主のようだ。和戸は二階の寝室から毛布を取ってくると、氏丸の死体にかけた。

「警察が来るのがどんなに早くても二、三時間後なのだったら、それまで私たちで推理してみんかね」

笹森俊介が言った。画期的な家電製品のコンセプトを聞かされたように目が輝いている。

「私たちで推理……ですか」と塩崎茂。

「ああ。実は、一昨年の夏の事件では台風で警察が来るのが遅れてね、居合わせた者たちがあれこれディスカッションしているうちに事件が解決したんだ。今度も同じことができるかもしれない」

「そうだったんですか。ぜひやりましょう」と塩崎茂。他の者も目を輝かせながらうなずく。どうやらワトソン力が働き始めたようだ。

「和戸君に訊いておきたいのだが、捜査一課員としての経験から見て、氏丸君の死亡推定時刻はいつ頃かわかるかね？」

「検視官ではないのではっきりしたことは言えませんが、死後、四、五時間といったところではないかと……」

笹森俊介は外科医に目を向けた。

「塩崎君の見立てはどうだね？」

「法医学は専門ではないのではっきりしたことは言えませんが……」

塩崎茂はそう言いながら、死体の傍らにしゃがみ込むと、死体の目を覗《のぞ》き込んだり、手足の関節を曲げたりした。角膜混濁の度合いや死後硬直の度合いを調べているのだ。

「和戸さんの見立てと同じく、死後、四、五時間といったところです」

「すると、今が八時過ぎだから、今日の午前三時過ぎから四時過ぎということになる」

皆、寝ていた時間帯だから、アリバイ調べをしても無駄だろう。

「この事件の謎は、犯人はなぜ、氏丸君の服を持ち去ったのかということだね」家電メーカー会長は腕組みをしながら言った。「皆さん、何か考えはあるかな?」

平山がこほんと咳《せき》をした。

「僭越《せんえつ》ながら、わたくしが最初に推理をしてよろしいでしょうか」

「おお、言ってみなさい」

「犯人はなぜ、氏丸様の服を持ち去ったのか。考えられるのは、犯人の正体を示すものが氏丸様の服に付着してしまったので、服ごと持ち去ったということです」

「犯人の正体を示すもの?」笹森俊介が首をかしげる。

「血だと思います。犯人は氏丸様を殺害するとき争って、自分も怪我をした。このままだと、血を分析すれば犯人が誰かわかってしまう。そこで、服を持ち去ったのです」

「なるほど……」

「では、犯人は誰なのでしょうか。この中で、明らかに怪我をしているとわかる方が一人いらっしゃいます。果歩様です」

「え、あたし？」女子プロレスラーがぎょろりと目をむいた。

「そうです。果歩様は右腕を痛そうになさっています。氏丸様と争って怪我をしたからではないでしょうか」

「右腕に怪我なんかしてないよ。右腕が痛いのは、昨日の午後、テニスをしすぎたからだよ。昨日は何ともなかったんだけど、今朝になって筋肉痛が出てきてさ」

果歩は右手の袖を捲《まく》り上げ、巌《いわお》のような腕をむき出しにしてみせた。

「ほら、この通り。怪我なんてしてないだろ？」

「……おっしゃる通りですね」

「そもそも、氏丸さんの服を持ち去ったのは血がついたからというのがおかしいんだよ」

「おかしいでしょうか」

「争って血がついたとしても、それは上着だけだろ。犯人の血が氏丸さんの下着にまでつく？下着を剝ぎ取る必要はないはずじゃないか。犯人は、氏丸さんの上着、下着シャツ、ズボン、パンツ、靴下のすべてを奪っていった。血が付着したのだったら、それらすべてを奪うことは考えられない」

「下着や靴下にまで血がつくほど大量に出血したのかもしれません」

「それだけ大量に出血したら、かなりの怪我だろうから、動作でわかるだろ。そんな怪我をしていそうな人が今この中にいる？」

「……いらっしゃいませんね」

執事は、失礼しました、と頭を下げた。

＊

平山の推理が終わるのを待ちかねたようにして口を開いたのは、塩崎茂だった。

「衣服の本来の目的は何でしょうか？　着ることです。だから、犯人が氏丸さんの衣服を持ち去ったのも、着るためだと考えてみましょう。着るために持ち去ったということは、そのとき、犯人は着るものがなかったのだと考えられます。つまり、犯人はそれまで風呂に入っていたんです」

「どういうことですか」と和戸は合いの手を入れた。

「犯人が氏丸さんのコテージで風呂に入っているあいだに、氏丸さんは悪戯《いたずら》で犯人の衣服を隠してしまったんです。風呂から上がり、衣服を隠されたと知った犯人は激怒し、氏丸さんを殺害。現場から立ち去らなければならないが、服がない。そこで、氏丸さんの服を持ち去ったというわけです」

なるほど、と和戸は思った。その可能性は思いつかなかった。

「氏丸さんが服を隠すという悪戯をした以上、相手は女性である可能性が高い。月子さんか果歩さんです。そして、大柄でがっしりしている果歩さんは、優男の氏丸さんの服を着ることはできない。とすれば、犯人は月子さんということになります」

月子だったら、服を隠すという悪戯をされたら激怒して本当に人を殺しそうだ。ちょうど、月の女神ディアナが、自分の水浴を見たアクタイオンをその猟犬たちに食い殺させたように。それにしても、塩崎茂の剛胆ぶりには恐れ入るほかない。よりによって月子を犯人だと指摘するとは……。ワトソン力は推理力を飛躍的に高めると同時に、推理を披露したいという思いも極限まで強めるらしい。

「わたしが犯人ですって⁉」

月子がたちまち柳眉《りゅうび》を逆立てた。

「どうしてわたしが氏丸さんのコテージでお風呂に入らなきゃならないのよ！」

「それは、氏丸さんとお付き合いされていたからでは……」

「あんなにやけ面《づら》のへなちょこと付き合うわけないでしょ！」

死者に対してひどい言いようである。

「そもそも、あんたの説は根本的におかしいのよ」

「ど、どこがですか」塩崎茂は気圧《けお》されたように言った。

「服がないから氏丸さんの服を持ち去ったというけれど、下着や靴下まで奪う必要はないでしょう。自分のコテージまで戻るときにからだを隠すことができればいいんだから、ジャケットとシャツとジーンズだけあればいい。下着や靴下は必要ない」

「ジャケットとシャツとジーンズだけ持ち去ったら、持ち去った理由に気づかれると恐れて、カモフラージュのために下着や靴下も持ち去ったんですよ」

「そもそも氏丸さんが着ている服を奪う必要はないでしょ。二泊三日する予定で、氏丸さんは他にも服を持ってきているんだから、そっちを奪えばいいじゃない。人が着ていた服を苦労して脱がせて着るなんて、そんな馬鹿なことするわけないでしょう」

「……確かにそうですね」

すみませんでした、と塩崎茂は頭を下げた。月子が凍りつくような目で小男を見る。塩崎茂が婿候補だったとしても、これで候補からは完全に外れたことだろう。月子の傍らに立つ時任果歩が気の毒そうな目で塩崎茂を見ていた。

＊

「あの、私も推理を思いついたんですが、喋《しゃべ》ってもよろしいでしょうか」

遠慮がちに口を開いたのは、管理人の北島だった。

「どうぞどうぞ」と和戸。

「犯人が氏丸様の服を持ち去ったのは、犯人が自分で着るためだと思います」

「その説はさっき否定されましたが」

「犯人が自分のコテージまで帰るあいだ身を覆うためだったら、どの服でもいいのですから、氏丸様が着ていた服をわざわざ脱がせるのはおかしいでしょう。でも、氏丸様が着ていたまさにその服がほしかったとしたらどうでしょうか」

「まさにその服がほしかった？」

「はい。私はよく知らないのですが、デザインや素材に価値のある古着をヴィンテージといって、高い値段がついているそうですね。氏丸様が着ていた服は、そのヴィンテージだったのではないでしょうか。犯人はそれに気づいて、手に入れたいと思った。もちろん、最初は交渉したのでしょうが、氏丸様がうんと言わなかったので、殺害してヴィンテージを奪うことにしたのです」

　塩崎茂が首をかしげる。

「氏丸さんの服がヴィンテージだとしたら、それはデニム生地のジャケットかジーンズでしょう。それだけ奪っていけばいい。でも、実際には、犯人は、シャツ、下着、靴下のすべてを奪っているんですよ。ヴィンテージでは説明がつかないんじゃないですか」

「ヴィンテージだけを持ち去ったら、犯人の目的が一目瞭然です。だから、カモフラージュのために、不必要なシャツや下着や靴下まで持ち去ったのです」

「確かに、氏丸さんが昨日、着ていた服は、それなりにお金がかかっているようだったけど、殺してまで奪うほどのものには見えませんでしたが……」

「価値があるかどうかは見る人の主観によります。犯人にとってはとても価値があるものだったのだと思います」

　北島は一同を見回した。

「では、犯人は誰でしょうか。氏丸様の服をヴィンテージとしてほしがったということは、自分もそれを着たいということですから、犯人は男性で、しかもからだつきがほぼ同じだと考えられます。今、この場にいる男性は、笹森様、塩崎様、和戸様、平山様、そして私の五人です。このうち、平山様は、背が高くがっしりとした体格なので、氏丸様の服を着ることはできません」

執事は軽く頭を下げた。

「塩崎様はとても小柄で、失礼ながら、氏丸様の服は似合わないかと思います」

外科医は複雑な表情になった。

「笹森様は、ヴィンテージなどいくらでも買えるだけの財力をお持ちですし、そもそも、笹森様が一言ほしいと言えば、氏丸様は喜んでプレゼントされたでしょう」

確かに、と和戸は思った。昨日の氏丸は、笹森俊介に気に入られようと懸命だった。

「私はそもそもヴィンテージとかいうものに興味がなくてね……」と家電メーカー会長が苦笑する。

「不肖《ふしょう》私は、自分が犯人でないことを承知しています」

と北島。それは消去する理由としてどうかと思ったが、黙っておく。

「としますと、残るは和戸様です。失礼ながら、和戸様が犯人かと考えます」

またか、と和戸は嘆息した。犯人だと指摘されるのは、一昨年、巻き込まれた地下ギャラリーでの事件、昨年十月の鯉川鉄道での事件に続き三度目だ。

「私は犯人じゃないです……と言っても信じてもらえないと思うので、よかったら、私の荷物やコテージを調べていただけませんか。そこから氏丸さんの衣服が見つからなかったら、私が犯人じゃないとわかっていただけるでしょう」

和戸は一同を「行きましょう」とうながすと、食堂の扉に向かって歩き始めた。一同がついてくる。自分のコテージに入ると、「好きなだけ調べてください」と言った。

「いいのかね？」笹森俊介が気の毒そうに言う。

「はい、かまいません」

「では、失礼して……」

男性陣が和戸の持ち物を、女性陣がコテージの中を捜索することになった。一同は三十分ほど探し回ったが、もちろん氏丸の衣服は出てこない。

「和戸さんは犯人ではないようですね。大変失礼しました」北島が頭を下げてきた。

ちょっと待って、と月子が鋭い口調で言った。

「あきらめるのはまだ早いわよ」

「とおっしゃいますと？」

「和戸さんは、氏丸さんの衣服をビニール袋か何かに厳重に包んでコテージ村の敷地のどこかに隠しているのかもしれない。厳重に包んでおけば傷んだり汚れたりすることはないでしょう」

「……確かに」

和戸は天を仰ぎたくなったが、「じゃあ、敷地を捜索してみませんか」と提案した。「いいわね」と月子がうなずく。

「どういうふうに捜索しますか。ばらばらに分かれて探しますか」

「そんなふうに探したら、和戸さん、失礼だけどあなたが衣服をまた別の場所に隠すかもしれない。だから、みんな一緒に行動するのがいいと思うの」

月子の提案に一同は賛成し、全員が固まって行動することにした。

敷地の東の外れに来たときだった。一本の木の根元に、衣類らしきものがいくつも落ちているのが見えた。近づくとやはりそうだった。デニム生地のジャケットとジーンズに見覚えがある。

昨日、氏丸が身につけていたものだ。その他に、長袖シャツ、下着シャツ、パンツ、靴下がある。どれもむき出しで投げ捨てられていた。しかも、それらはいずれも切り裂かれていた。

「氏丸君が着ていたものではないかな」と笹森俊介が言い、一同は賛同した。

「むき出しで捨てられており、しかも切り裂かれている……犯人にとって価値があるヴィンテージだったとはとうてい思えんが」

笹森俊介の言葉に、北島は「おっしゃる通りです」とうなだれた。そして「大変失礼しました」と和戸にあらためて頭を下げてきた。

「お気になさらないでください。それより、氏丸さんの衣類を簡単に調べたうえで、警察が来るまで保管しておきたいのですが、よろしいですか」

「そうしてくれたまえ」と笹森俊介がうなずいた。

和戸は北島に頼んで、管理棟から大きなビニール袋と軍手を取ってきてもらった。まずは地面に落ちている衣類の写真をスマートフォンで撮影する。それから軍手を手にはめると、氏丸の衣類を一つずつ取り上げて調べた。どれにも血はついていなかった。氏丸の衣類を犯人が持ち去ったのは犯人の血がついたためだという平山の説はこれであらためて否定される。

それから、氏丸の衣類をビニール袋に入れた。現場の証拠品の位置を動かしてしまうことになるが、地元の捜査員が到着する前に野生動物が衣類を持っていってしまうという事態は避けたい。地面に落ちていた状態をスマートフォンで撮影しておいたので、衣類を移動させても問題はないだろう。

それにしても、と和戸は思った。犯人はいったいなぜ、氏丸の衣類を持ち去ったのか？

＊

「食堂に戻って熱いお茶でもいただこうか」

笹森俊介が言い、一同は管理棟の食堂に戻った。平山が香り高い紅茶を淹《い》れてくれる。皆がカップを口に運び、おいしいと口々に言った。次は誰が推理するのかと和戸が思っていると、

「わたしも推理を思いついたわ」

優雅な仕草で紅茶を飲んでいた月子がそう言った。

「犯人がなぜ、氏丸さんの衣服を持ち去ったのかという謎を皆さんが検討するのを聞いてきたけど、気になったのは、ある事柄が当然の前提とされていることなんです」

「ある事柄？　何ですか」と和戸は合いの手を入れる。

「犯人が氏丸さんの死体から衣服を剝ぎ取ったということ。平山の推理も、塩崎さんの推理も、

管理人さんの推理も、犯人が衣服を持ち去った理由はそれぞれ異なるけど、犯人が死体から衣服を剝ぎ取ったという前提は共通している。でも、死んだ人間から衣服を剝ぎ取るのは手間がかかる。そこでわたしは、犯人は氏丸さんの衣服を剝ぎ取ったわけではなく、氏丸さんはもともと衣服を着ていなかったのではないかと考えたんです」

「もともと着ていなかった？」

「お風呂に入っていたということです。犯人は氏丸さんを殺したかったけれど、体力的に殺せる自信がなかった。反撃されるかもしれないと恐れていた。そこで、氏丸さんの不意を衝《つ》くことにした。一番無防備なのは、お風呂に入っているときや、お風呂から上がったときです。

犯人は氏丸さんがお風呂に入っているときに、こっそりと氏丸さんのコテージに上がり込んだ。そして、ユニットバスのドアの横で鈍器を持って待ち構え、氏丸さんがドアを開けて出てきた瞬間、鈍器を振り下ろして殺害。氏丸さんの衣服は脱衣籠に入っているけれど、もしそれを発見されたら、氏丸さんが入浴直後に殺されたこと――犯人は氏丸さんを殺せる自信がない非力な人物だったことがばれてしまう。そこで、衣服を持ち去って捨てたんです。

さて、ここから犯人の満たすべき条件が浮かび上がります。第一点。犯人は非力な人物です。第二点。犯人は氏丸さんが入浴していることがわかった人物です」

月子は一同を見回した。

「第一点から見てみましょう。犯人は非力な人物なので、とうてい非力とは言えない果歩と平山は除外されます」

女子プロレスラーはガッツポーズを取り、執事は一礼した。

「第二点ですが、まず考えられるのは、犯人が氏丸さんのコテージにいたということです。氏丸さんのコテージにいたから、氏丸さんが入浴しているとわかったというわけです。でも、他の人がコテージにいるときに、入浴したりするでしょうか。女性とある種の約束がある場合なら、その女性がコテージにいるときに入浴するかもしれません。ですが、ここにいる女性二人のうち、果歩はすでに除外されているし、わたしが氏丸さんのようなへなちょこと付き合うわけがないことは、先ほどの塩崎さんの推理のときにも言いました」

月子はまたしても死者に対して容赦ない言葉を口にする。

「そして、男性がコテージにいるときに氏丸さんが入浴するとは考えられません。その男性がコテージにいたのが、氏丸さんと談笑するためであれ口論するためであれ、そんな相手を待たせて入浴するというのは心理的に考えにくい。とすれば、氏丸さんの入浴時、犯人は氏丸さんのコテージにいなかったということになります」

「じゃあ、犯人は氏丸さんの入浴をどうやって知ったんですか」

「ユニットバスには窓があります。犯人は外にいて、窓の灯《あか》りと水音から氏丸さんの入浴を知ったんです」

「犯人は外にいた？　散歩でもしていたんですか」

「ここで思い出してほしいのは、氏丸さんが殺されたのが午前三時過ぎから四時過ぎと見られることです。そんな時刻に外を散歩するとは考えられません」

「じゃあ、犯人はなんで外にいたんですか」

「外にいたと言っても、戸外というわけではありません。氏丸さんのコテージの外ということです」

「同じだと思いますが」

「違います」月子は、あんた馬鹿？　というように和戸を見た。「氏丸さんのコテージの外で、かつ戸外でないというのは、氏丸さんのコテージの隣のコテージにいたということです」

「ああ、なるほど……」

「そして、氏丸さんのコテージの両隣のコテージのうち、氏丸さんのユニットバスの窓が自分のコテージから見える人は一人しかいません」

和戸はそれぞれのコテージの配置を思い浮かべた。氏丸のコテージのユニットバスは管理棟から見て右側にある。そして、氏丸のコテージの右側に位置するコテージの滞在者は――。

「誰だね？」と笹森俊介。

「お父様、あなたです」

一同は驚きの声を発した。よりによって自分の父親を告発するとは。

「お父様は高齢で、体力がありません。氏丸さんを殺そうと考えたとき、体力的に無理ではないかと不安に思ったのは当然です。だから、氏丸さんがお風呂から上がったときを狙うことにしたんです。お父様は氏丸さんのコテージのユニットバスの窓をずっと観察していたのでしょう。そして、窓に灯りがつき水音が聞こえ始めたら、合鍵を使って氏丸さんのコテージに上がり込んだ。

氏丸さんは入浴するとき、コテージのドアに施錠したはずですけど、ドアを開錠して侵入できたということからも、コテージ村のオーナーで合鍵を簡単に手に入れられるお父様が犯人として浮かび上がります」

娘に犯人だと指摘されて、笹森俊介はどう反応するだろうか。和戸は恐る恐る彼を見たが、大手家電メーカー会長は怒るどころかうれしそうな顔になった。

「皆さん、私に遠慮して犯人と指摘してくれないのではないかと恐れていたのでね、こうして犯人だと指摘してもらえるのはとてもうれしい。タブーを設けない議論、それが企業の発展にとっても大事だからね」

さすが、日本を代表する家電メーカーの会長は言うことが違う。

「ただ、残念ながら月子、お前の推理は間違っているよ」

「どこが間違っているんですの？」

「和戸君の見立てによると、氏丸君の死亡推定時刻は午前三時過ぎから四時過ぎだという。そして、月子の推理によると、氏丸君は風呂から上がった直後に殺されたということだった。すると、氏丸君が風呂に入ったのは午前三時台ということになる。しかし、警察によると、コテージ村に向かう道路の真下にある水道管が破損したのは今日の午前一時頃だったそうだね。つまり、それ以降、コテージ村は断水していたんだ。午前一時頃に断水していたら、午前三時台に風呂に入れるはずがない」

「そう言われれば、そうですわね……」

令嬢はがっくりと肩を落とした。

＊

「では、次は私が推理させてもらおうかな」

笹森俊介が一同を見回しながら言った。いよいよ真打《しんうち》登場だな、と和戸は思った。日本を代表する家電メーカーの会長なのだから、推理力も高いはずだ。それがワトソン力でさらに高められれば怖いものなしだろう。

「これまで出された四つの推理を見ると、四つのうち三つまでが、犯人が氏丸君の衣服を持ち去ったのは衣服そのものが必要だったからというものだった。平山の推理は衣服に犯人の血がついたので持ち去らなければならなかったというものだし、塩崎君の推理は犯人の裸を隠すために衣服が必要だったというものだし、北島さんの推理は犯人にとって衣服が貴重なヴィンテージだったというもので、いずれも衣服に重点を置いている。一方、月子の推理は、氏丸君が裸だったことに重点を置いている。親子だからというわけではないが、私の推理も氏丸君が裸だったことに重点を置いたものだ。犯人が氏丸君の衣服を持ち去ったのは、氏丸君の遺体を裸にするためだと思う」

家電メーカー会長はどんな推理を繰り出すのか。和戸は固唾《かたず》を呑んで次の言葉を待ち受けた。

「ではなぜ、裸にする必要があったのか。裸にしたら、からだの各部の寸法やかたちがはっきりとわかる。それが犯人の狙いだったのではないだろうか」

「……どういうことですか」

「氏丸君は細身で脚がすらりと長かった。だが、遺体を見ると、どうも生前とは違うような気がした。脚がそれほど長く見えないのだ。どうしてだろうと考えて、氏丸君は脚を長く見せるシークレットシューズを履いていたのではないかと気がついた」

「……シークレットシューズ？」

「昨日のことを振り返ってみると、氏丸君の言動にそれを裏付けるものもあった」

「何ですか」

「昨日、このコテージ村に着いたあと、若い人たちはテニスをやろうということになったが、氏丸君だけは断った。こう言ってはなんだが、テニスは月子にアピールする絶好の機会だ。それを断るのが解《げ》せなかったが、シークレットシューズを履いていたのだと考えれば理解できる。シークレットシューズを履いていたらテニスのような激しい運動はできないからね。かといってシークレットシューズを脱いだら脚が短くなって秘密がばれてしまう」

「はあ……」

「では、犯人は誰だろうか。犯人が氏丸君の遺体を裸にしたのは、氏丸君の脚が見かけより短かったことをあからさまにしたかったからだと思われる。つまり、犯人は氏丸君にライバル心を抱いている人物だ。それは、塩崎君か和戸君のどちらかだろう」

　和戸は飛び上がりそうになった。私は月子さんの婿候補に加わるつもりはないので、氏丸さんにライバル心なんて抱いていません、と言いたくなったが、やめておく。塩崎茂の方は目を白黒させている。

「では、二人のどちらなのか。氏丸君の脚が見かけより短かったとは、氏丸君が見かけより背が低かったということだ。それをあからさまにしたいということは、背丈にこだわりのある人物――大変失礼だが、塩崎君、君が犯人ではないかね」

「申し訳ないが……」

「私?」小男の外科医は自分自身を指差し目を剝いた。「私が犯人だとおっしゃるんですか」

「お父様、氏丸さんが本当にシークレットシューズを履いていたかどうか、まずそれを確認した方がよいのでは」月子が冷静な口調で言う。

「おお、そうだな」

一同は食堂から氏丸のコテージに向かった。リビングの床には、毛布をかけられた氏丸の死体があいかわらず置かれている。

笹森俊介が、玄関に置かれている氏丸の靴を手に取り、しげしげと眺めた。

「……シークレットシューズではないようだな」

和戸たちも靴を手に取って確認した。

「氏丸さんの脚はもともと、それほど長くはないのでしょう。それが長く見えていたのは、履いていたジーンズが細身で脚を長く見せていたため、そして何より、自分がスマートなイケメンだという自意識のなせる業だったのでしょう」

月子が身も蓋もないことを言う。

「私の推理は間違いだったようだ。塩崎君、和戸君、失礼した」

笹森俊介が頭を下げてくるので、和戸は恐縮した。「いえいえ、とんでもない」と塩崎も手を振る。

日本を代表する家電メーカーの会長だからといって、必ずしもよい推理ができるとは限らないようだ、と和戸は思った。

5

一同は食堂に戻り、平山が紅茶を淹れ直してくれた。

まだ推理を披露していないのは、和戸を除けば果歩だけになった。一同が果歩に目をやると（なぜか和戸には目が向けられなかった）、女子プロレスラーは咳払いをして口を開いた。

「あたしの推理も、犯人が氏丸さんの服を持ち去ったのは、犯人の正体を示すものが服についてしまったからというものなんだ」

和戸は首をかしげた。

「でも、その説はもう否定されたでしょう。血だったら衣服すべてにはつかないし、仮に衣服すべてにつくほど大量に出血していたら、犯人は大怪我をしていることになり、一目瞭然のはずですが、そういう人はいない。そもそも、さっき見つかった衣服には何もついていなかった」

「ついていたけれど、蒸発してしまったんだ」

「蒸発してしまった？」

「そう。水だったんだ。水だったら、血よりずっと流動性が高いから、上着だけじゃなく下着も濡らす。それが犯人にとって不都合だったので、犯人は衣類すべてを持ち去った」

「どうして氏丸さんの衣類が水に濡れたことが犯人にとって不都合だったんですか」

「コテージ村が断水していたから」

「というと？」

「さっきも笹森さんが言ったけど、コテージ村に向かう道路の真下にある水道管が破損したのは今日の午前一時頃で、それ以降、コテージ村は断水していた。一方、氏丸さんが殺されたのは、午前三時過ぎから四時過ぎ。すでに断水していたということ。断水しているのに大量の水に濡れることができる場所は限られている」

「どこですか？」

「食堂のウォーターサーバーの前。犯人が氏丸さんを鈍器で殴ったとき、氏丸さんはウォーターサーバーごと倒れたんだろうね。倒れたウォーターサーバーから漏れた水が、氏丸さんの衣服に染み込んだ。断水状況で他に大量の水があるところはないから、このままでは氏丸さんが管理棟で殺されたことがわかってしまう。濡れた死体を乾かさないといけない。そこで犯人は、氏丸さ

ん
の
衣
服
を
剝
ぎ
取
っ
た
。衣服が切り裂かれていたのは、濡れた服を脱がせるのが難しかったから。だから、ハサミかナイフで切り裂いた。そしてタオルで濡れた死体を拭いた。倒れたウォーターサーバーを起こし、新しい水のタンクをセットしたことは言うまでもない。

管理棟に死体を置いておくわけにはいかないので、犯人は氏丸さんのコテージまで死体を運んだ。それから、服を乾燥機で乾かして、敷地の外れに捨てた。

犯人は、管理棟で犯行があったと知られないためにこのような細工をした。それは、管理人さんが犯人だから。そもそも、管理棟でこんな出来事があれば、大きな物音がするから、管理人さんが気づいているはず。だけど、管理人さんは何も言っていない。嘘《うそ》をついている。ここからも、管理人さんが犯人だとわかる」

一同が管理人を見ると、彼はがくりと肩を落とした。

「そうです、私がやりました……」

「どうして氏丸さんを殺したんだい」

果歩が優しい声で管理人に問いかけた。

「殺すつもりではなかったのです。真夜中に、食堂の方から不審な物音がするので目が覚めました。てっきり泥棒だと思って、護身用に置いてあったバットを持ってそちらに向かいました。ドアを開けると、怪しい人影がウォーターサーバーに取りついています。気配に気づいたのか、人影が振り返ろうとしました。怖くて怖くて、とっさにバットを振り下ろしました。そうしたら、それが頭に当たり、人影はウォーターサーバーごと倒れました。よく見ると、それは氏丸様でした。慌てて脈を取りましたが、氏丸様はすでにお亡くなりになっていました。あとは果歩様が推理された通りです……」

「それにしても、氏丸さんはそもそもなぜ、管理棟に行ったんでしょう」

和戸が言うと、果歩も「あたしもそれがわからないんだよね」と首をひねった。

すると、執事の平山がこほんと咳をし、「それについては、わたくしに考えがございます」と言った。

「氏丸様が管理棟に行かれたのは、喉が渇いていらっしゃったからだと思います」

「――喉が渇いていたから？」

「月子様がお作りになった夕食のハンバーグは、塩胡椒を入れたにもかかわらず、塩胡椒の味がしませんでした。月子様はよく捏ねず、そのために塩胡椒が全体に広がらなかったのです。だから、わたくしも含め、皆様がお食べになったハンバーグには塩胡椒の味がしなかったのだと思われます。しかし、塩胡椒が消えたわけではございません。どれか特定のハンバーグには、全体に広がらなかった塩胡椒が集中したはずでございます」

「ひょっとして、氏丸さんのハンバーグじゃ……」

「はい、氏丸様のハンバーグには、おそらく七人分の塩胡椒が入っていました」

氏丸光平が涙ぐんで食べていたのを和戸は思い出した。あれは、おいしいからではなかったのだ。月子の手料理なので残すこともできず、必死に食べていたのだろう。

「大量の塩胡椒が入ったハンバーグを残さずお召し上がりになった氏丸様は、ご自分のコテージに戻られたあと、冷蔵庫のミネラルウォーターで喉の渇きをいやされたのでしょう。しかしそれでも足りず、夜中に喉の渇きで目を覚まされたのです。ミネラルウォーターはもうない。お茶を淹れようとしますが、あいにく断水しております。そこで氏丸様は、管理棟にウォーターサーバーがあったことを思い出しました。真夜中なので管理棟はすでに閉まっております。氏丸様はこっそりと侵入し、泥棒だと勘違いした管理人さんに殴られ、不幸にもお亡くなりになったのでございます」

それならば、月子がハンバーグをよく捏ねなかったことが事件の原因とも言えるのではないか。自分の料理を執事にけなされた月子は、屈辱に唇をかみしめている。

「平山！」

月子が執事を睨《にら》みつけた。

「何でございましょう、お嬢様」

クビを言い渡すつもりだろうかと和戸が思っていると、令嬢は叫んだ。

「わたしに料理を教えなさい！」

執事は深々と頭を下げ、「仰せの通りに」と応えた。

第七話
五人の推理する研究員

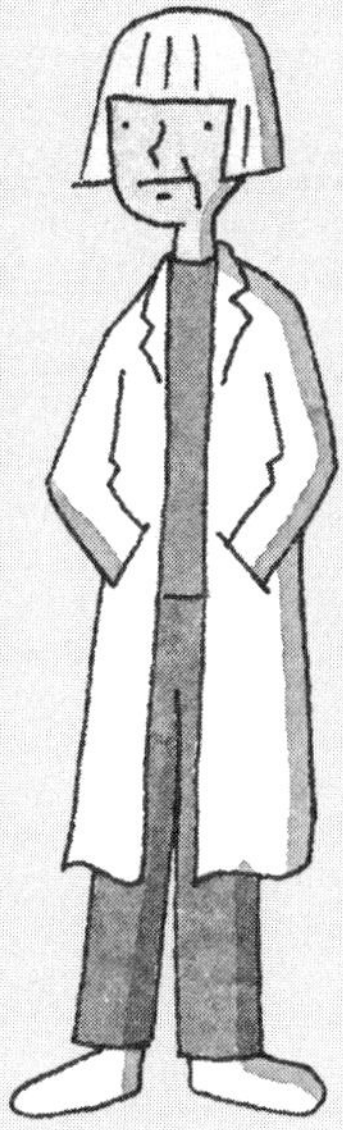

1

目を覚ますと、白い天井が見えた。

柔らかなベッドの上に寝かされ、毛布をかけられている。

和戸《わと》は起き上がり、頭が重いことに気がついた。目の前が透明なプラスチックで覆われ、視界の端が限られている。ぎょっとして頭に手をやると、ヘルメットのようなものをかぶせられていた。慌てて脱ごうとしたが、無理だった。どこかが引っかかっているのだ。何度も引っ張った末にあきらめた。

いったいこれは何なんだ……？

ヘルメットは表面がつるつるとして丸く、前面が額の辺りから鼻の下辺りまで透明なプラスチックでできている。口の辺りは開いているので、呼吸したり飲み食いしたりはできるようだ。顎の辺りは左右から伸びてきた部材で覆われており、そのせいでヘルメットは脱げなくなっているのだった。

いったい何のためのヘルメットなのだろう。なぜ、室内にいるのにヘルメットが必要なのだろう。

そもそもここはどこなんだ……？

和戸は室内を見回した。

六畳ほどの広さだった。床も壁も天井も真っ白で、まるで映画の『2001年宇宙の旅』に出てきそうな感じだ。壁にはドアが一つあるだけで、窓は一つもない。

どうして自分はこんなところにいるのだろう。最後に憶《おぼ》えているのは、午後六時前に警視庁を出たことだ。十二月に入ってここ数日は事件がなく、和戸がいる捜査一課第二強行犯捜査第三係の捜査員たちは書類仕事に専念していた。和戸も定時で退庁することができた。帰りの電車の中で、ドア上部にある液晶ディスプレイに、「〈ケイオス〉のメンバー、ワゴン車で逃走中か」というニュース速報が流れて、捜索に駆り出されたらいやだなと思った。昨年の十月、〈ケイオス〉の最高幹部四人が捕まる事件に関わったが、できればテロ組織とは無縁でいたい。最寄り駅で降り、夜道を自宅マンションへ向かった。背後から近づいてくる足音が聞こえたかと思うと、不意に耳元で気体を噴射する音が響いた。記憶はそこで途切れている。おそらく、催眠ガスのようなものを噴きつけられて意識を失い、車で拉致されたのだろう。

着ているのは病院の患者衣のようなものだった。左腕に巻いていた腕時計は見当たらない。帰宅時に着ていた背広も、胸ポケットに入れていたスマートフォンも、手にしていた鞄も見当たらない。

ベッドの傍《かたわ》らにスリッパが置かれていた。和戸はベッドから降りると、スリッパを履いてドアに近づいた。レバーハンドルというのだろうか、持ち手がレバーのかたちをしたドアノブだ。

レバーハンドルをつかんでドアを開けようとしたが、鍵がかかっていた。ドアには鍵のつまみも鍵穴もなく、カードリーダーらしきものがドアの脇に設けられている。室内を見回したが、カードの類は見当たらない。開錠できないということだ。

昨年の一月に監禁されたことが否応なしに思い出される。同じことが繰り返されたのだろうか。誰かがまた、和戸の力を個人的に利用するために閉じ込めたのだろうか。それとも、〈ケイオス〉のメンバーが和戸に復讐しようと監禁したのだろうか。

そのときだった。ドアの内部でカチリと音がした。はっとして、レバーハンドルをつかんで引くと、今度はドアが開いた。急いで部屋を出た。

そこは廊下だった。幅二メートルほどで、左右に延びている。和戸のいた部屋のある側の壁には他にもいくつかドアがあるが、反対側の壁にはまったくドアがなかった。

――右に進んでください。

突然、耳元で年配の女性の声が響き、和戸は飛び上がりそうになった。

「だ、誰ですか!?」

――右に進んでください。

女性は和戸の質問には答えず、同じ言葉を繰り返した。和戸は言われた通りにすることにした。右に進むと、大きな空間に出た。

縦横六メートルほどの正方形の空間だった。空間の中央には男性を象《かたど》った大きなブロンズの彫像が置かれ、その足元に六脚の椅子が置かれている。そしてその椅子に、六人の人間が腰を下ろしていた。和戸はその六人にいずれも見覚えがあった。

「どうしてあなたたちが……」

和戸は昨年の一月以降、非番のときに六件の事件に遭遇している。その六件の事件それぞれの関係者が一人ずつ、目の前にいるのだ。

ゾンビ映画『屍人《しじん》たちへの挽歌《ばんか》』上映中に起きた事件の関係者で、弁護士事務所事務員の羽鳥《はとり》早苗《さなえ》。

任侠《にんきょう》団体・大瀬会《おおせかい》事務所で起きた事件の関係者で、組員の一人、若狭《わかさ》。

鯉川《こいかわ》鉄道で起きた事件の関係者で、野鳥専門のカメラマン、田島直樹《たじまなおき》。

林太山《りんたさん》ロープウェイで起きた事件の関係者で、週刊玉石《ぎょくせき》記者の梶原新平《かじわらしんぺい》。

MRゲーム『ナイトメア・スターシップ』参加中に起きた事件の関係者で、七十代の女性、村井《むらい》文枝《ふみえ》。

コテージ村で起きた事件の関係者で、家電メーカー会長・笹森俊介《ささもりしゅんすけ》の娘婿《むこ》候補の一人だった医師の塩崎茂《しおざきしげる》。

六人はいずれも白衣を着ていた。それだけでなく、雰囲気が様変わりしていた。皆、知的な雰囲気を漂わせている。そして、目を輝かせて和戸を見つめていた。和戸は何とも落ち着かない気分になった。

「ここはどこなんです？　どうして私はこんなところにいるんですか？」

「ここは研究所よ」

そう言ったのは村井文枝だった。イヤフォンをしている。『ナイトメア・スターシップ』の事件のときはしていなかったが、その後、耳が悪くなったのだろうか。

「ええと、村井文枝さんでしたね。研究所って、何の研究所なんですか」

「何の研究所か、具体的な名前は明かせない。ただ、脳に関する研究を行っているとだけ言っておくわ」

「――脳に関する研究？」

「和戸さん、あなたは不思議な力を持っているわね。何らかの謎に出くわすと、周囲の人間の推理力を飛躍的に向上させる力を」

和戸はぎくりとした。なぜそのことを知っているのか。村井文枝は微笑《ほほえ》んだ。

「やっぱり持っているのね」

「――あなたたちは何者なんですか」

「わたしたちはこの研究所の研究員。わたしはここの所長。わたしたちはしばらく前から、あなたの不思議な力に気がついて、非番のときのあなたの行動を監視していたの。大瀬会の事件のときだけは、あなたの方から飛び込んできたんで驚いたけど。とにかく、わたしたちの前であなたは事件に出くわし、わたしたちは頭が急に明晰になるのを感じた。頭が明晰になったのがその場にいた全員であることは、その場にいた人たちが推理合戦を始めて、事件が解決してしまったことから明らかだった。そうしたケースが六件続き、しかもそのうち二件はわたしたちが真相を言い当てた。わたしたちはそれで、あなたの持つ力の存在を確信した」

「――それで、研究のために私を拉致したというわけですか」

「その通り」

「私がかぶせられているヘルメットは何なんですか」

「あなたの脳活動の測定装置よ。あなたの力を脳活動の点から解明するためのもの。あと、申し訳ないけど、そのヘルメットには爆弾も仕掛けさせてもらったわ」

「――爆弾？」

和戸は血の気が引くのを感じた。

「ごめんなさいね。あなたにこちらのお願いする通りに行動してもらうためなの。そんなことはないと思うけど、もしあなたがお願いする通りにしてくれなかったら困るから」

「……お願いする通りって、どんなことをお願いするつもりなんですか」

村井文枝はまた微笑んだ。

「そんなに怖がらなくてもいいわ。大したことじゃないの。単にあなたに謎を提供して、あなたの力を発動してもらうだけだから」

「……どんな謎なんですか」

「わたしたち研究員がくじ引きで〈犯人〉役を決め、その〈犯人〉役があることをするつもり。それが誰なのかという謎」

「あることって何ですか」

「心配しなくていいわ。そこのプロメテウスの首にこのロープを巻きつけるだけだから」

村井文枝は空間の中心にある彫像を指差した。岩に腰を下ろした半裸の男性の像だ。右手に松明《たいまつ》のようなものを持っている。全体の高さは二メートル半ばほどもあるだろうか。岩のそばの床に長さ一メートルを超えるロープがとぐろを巻いている。

「プロメテウス？」

「ギリシャ神話に出てくる神。天界の火を盗んで人類に与え、その報いとして、生きながら肝臓を巨大な鷲《わし》についばまれる責め苦を三万年の長きにわたってゼウスに与えられることになった。でも、プロメテウスのおかげで、人類は火を基盤にしてさまざまな技術を発展させることができた。人類にとって、なかでもわたしたち科学者にとって大恩人よ」

「大恩人の首にロープを巻くわけですか」

村井文枝は肩をすくめた。

「まあね。軽い冗談よ」

「どうしてそうまでして私の能力を調べようとするんですか」

「あなたの能力は、どんなことをしてでも探究するだけの価値がある。あなたが謎に直面したとき周囲にどのような力を放っているかを突き止め、その力を人工的に再現することができれば、人類の進歩に大きく貢献することになる。考えてごらんなさい。人工的に再現したあなたの力を、未解決の難問に挑むさまざまな分野の学者たち、複雑な国際情勢に直面する政治家や外交官や国連機関の職員たち、社会問題に悩む政治家や公務員や民間組織のスタッフたちに浴びせたとしたら。推理力が、問題解決能力が飛躍的に向上して、さまざまな問題がたちどころに解決することになる。人類はより幸福な状態に進むことができるのよ」

他の研究員たちが、その通りだというようにうなずく。田島直樹が興奮した口調で口を挟んだ。

「僕とあなたが出くわした鯉川鉄道の事件で、〈ケイオス〉の連中は〈オリエントキシン〉を、世界を変える存在として後生大事に運んでいたが、連中はまったく見る目がない。自分たちのすぐそばに、ただの毒薬なんかよりよっぽど強力に世界を変える存在がいることに気づいていなかったんだから。ただし、変えると言っても、毒薬と違って悪い方向にじゃなく、いい方向に。強力に世界を変える存在というのはもちろん、和戸さん、あなたのことですよ」

生まれてこの方これほどほめられたことがなかったので、和戸は居心地が悪くなった。

「……でも、あなたたちは監禁罪に問われることになる。まさか、人類をより幸福な状態に進ませることができるから、世界をいい方向に変えることができるからといって罪を免じられると思っているわけではないでしょう」

そこで和戸はある可能性に思い至ってぞっとした。

「……それとも、脳活動のデータを測定したあと、私を殺すつもりなんですか」

研究員たちが和戸に平気で顔を晒《さら》しているということは、生きて返さないつもりでいるからかもしれない。だが、研究員たちは心外そうな顔をした。

「わたしたちはそんなことはしないわ。データを取ったあとは、あなたに記憶を消す薬を飲ませておうちに返してあげる。わたしたちの研究所は、一定期間の記憶だけを消す薬も開発しているの」

「……そんな薬があるんですか」

「わたしたちの技術力を信じてちょうだい」

研究所の名前も教えてもらっていないのに信じるも信じないもないと思う。

「あなたたちは研究員ということですが、以前、私の前に現れたときは別の職業を名乗っていましたね。あれは嘘《うそ》だったんですか。でも、若狭さんは大瀬会の事務所にいたから本物の極道でしょう。塩崎茂さんも、家電メーカー会長の笹森俊介氏が娘婿候補に考えるぐらいですから、本物の医師のはずです」

「あなたたちの前で名乗った職業は本物よ。ただし、世間の目を欺くための表の職業。わたしたちの本業は、ここの研究員」

「どうして世間の目を欺くための表の職業が必要なんですか」

「ここでの研究が、世間では認められないようなものだから」

「たとえば、一定期間だけの記憶を消す薬ですか」

「そう。もっとすごいものもいろいろあるわ。ここでは明かさないけれど」

それじゃあ、実験を始めましょう、と村井文枝は言った。

「まず、プロメテウスの首にロープを巻きつける〈犯人〉役を決めましょう。皆さん、スマートフォンを出してちょうだい」

老婦人がポシェットからスマートフォンを取り出した。他の五人もそれぞれのスマートフォンを取り出す。

「人狼《じんろう》ゲームのアプリをインストールしてあるの」

　と村井文枝が和戸に説明した。

「スマートフォンの画面に表示されるカードの一枚を引くと、わたしたち六人のうち誰か一人は〈人狼〉カードに当たるように設定されている。ゲームマスターはＡＩが務めるから、誰が〈人狼〉カードを引いたかはわからない。〈人狼〉カードを引いた人が〈犯人〉役を務めるというわけ」

　六人はいっせいにスマートフォンを操作した。和戸は六人の表情を観察していたが、皆、表情が変わらないので、誰が〈人狼〉カードを引いたかはわからなかった。

「わたしたち六人はこれから一時間、それぞれの研究室に籠《こも》るわ。和戸さん、あなたもさっきの部屋に戻ってもらう。この一時間のあいだに、〈犯人〉役がプロメテウスの首にロープを巻きつける。防犯カメラを停めておくから、〈犯人〉役の画像が記録されることはない。一時間後、わたしたち六人とあなたはここに戻り、ロープを巻きつけられたプロメテウスを発見。いったい誰が〈犯人〉役なのか？　謎を前にしてあなたのワトソン力が発動する。あなたにかぶってもらっているヘルメットの測定装置があなたの脳活動を測定すると同時に、わたしたち六人はワトソン力の影響を受ける。わたしたち六人は皆、すでに一度、過去の事件でワトソン力の影響を受けているから、またワトソン力の影響を受ければすぐにわかるはず」

　そんなにうまくいくだろうか、ワトソン力がちゃんと発動するだろうか、と和戸は不安に思ったが、口には出さなかった。

村井文枝はポシェットから今度はタブレットを取り出した。パスワードを打ち込むような操作をする。

「これで、この研究所の防犯カメラはすべて停止した。和戸さん、あなたはさっきの部屋に戻ってちょうだい。送っていかないけれど、逃げたりせずにちゃんと戻ってくれるわね。逃げたらどうなるかはよくわかっているでしょうから」

ヘルメットが爆発するということだ。

「一時間経《た》ったら知らせるから、またここに来て」

「ここは何か名前が与えられているんですか？」

「〈アゴラ〉と呼んでいるわ」

「〈アゴラ〉？」

「ギリシャ語で広場という意味。研究者っていうのは、自分の研究に没頭して他の研究者と交流がなくなりがちなの。でも、他の研究者と交流することで、思いも寄らぬアイデアが閃《ひらめ》くことがある。ここは、そのために設けられたスペース。——さあ、行ってちょうだい」

わかりました、と言うと、和戸は〈アゴラ〉を出た。

2

和戸は先ほどの部屋に戻った。ドアを閉めたとたん、ドアの内部でカチリと音がした。開けようとしたが、施錠されている。これでは逃げられない。いや、たとえこの部屋から出られたとしても、爆弾の仕掛けられたヘルメットをかぶせられている限り逃げることはできないだろう。

和戸はベッドに腰を下ろした。いったいこの先どうなるのだろうか。無事解放されるのだろうか。不安ばかりが押し寄せてくる。拉致されてからどれぐらい時間が経過したかわからないが、少なくとも翌日の日中にはなっているだろう。とすれば、捜査一課の同僚や上司が、和戸が出勤してこないことを不思議に思い始めているはずだ。今年の初め、和戸が監禁されたことを思い出し、今回も同じことが起きたと気づいてくれるかもしれない。だが、たとえ気づいても、和戸が今いる場所にたどり着くのは難しいのではないか。前回はとんでもない偶然のおかげで救出されたが、今回も同じことは期待できないだろう。

――一時間経ったわ。〈アゴラ〉に来て。

不安に押し潰されそうになった頃、耳元で村井文枝の声が響いた。続いてドアでカチリと音がする。開錠されたのだ。和戸ははじかれたように立ち上がると廊下に出て、右に折れ〈アゴラ〉

へ向かった。

そこにはすでに、村井文枝、羽鳥早苗、若狭、梶原新平、塩崎茂の五人がいて、プロメテウスの前に立っていた。プロメテウスの首にはロープがかかっている。〈犯人〉役が〈犯行〉に及んだらしい。

だが、五人が見ているのはプロメテウスの首ではなく、プロメテウスが腰を下ろしている岩の前方だった。いったいどうしたのだろう？　五人の後ろから覗《のぞ》き込んだ和戸は心臓が止まりそうになった。

そこには、男が右肩を下にし、からだを丸めるようにして倒れていた。背中にはナイフが突き立てられ、周辺が赤く染まっている。近づいて顔を覗き込むと、それは田島直樹だった。

「……どういうことなんですか」和戸は村井文枝に尋ねた。

「わからない。ついさっきここに来たら、田島さんが倒れていて……」老婦人は震える声で答えた。

「田島さんのからだを調べましたか？」和戸は医師の塩崎茂に尋ねた。

「いえ、まだです」

「私が調べてかまいませんか？」

「どうぞ」

和戸は田島直樹の傍らにしゃがみ込むと、右手を取って脈を探った。脈動がない。瞳孔を覗き込んだ。散大している。口に耳を当てて呼吸の有無も確かめたかったが、ヘルメットが邪魔でそれはできない。だが、血の気の引いた肌の色は、どう見ても生きている人間のものではなかった。続いて背中のナイフに目をやった。心臓のある辺りにほぼ垂直に突き立てられ、柄《え》の近くまで刃が深々と埋まっている。刃の周囲の白衣を染める血の凝固状態から見て、死後、二、三十分だろう。

「間違いなく亡くなっています。しかも、ナイフで刺されている。警察に通報した方がよいと思いますが」

「警察には通報しないわ」と村井文枝が言った。他の研究員たちもうなずく。

「通報しない……？　どうしてですか」

「通報したら、あなたを拉致したことも説明しなくてはならなくなる。わたしたちは、あなたを拉致し脳活動を測定することは人類の進歩のために正当化されると思っているけど、警察はそうは考えてくれないでしょう」

和戸は警察に通報するよう何度も言ったが、研究員たちは受け入れなかった。和戸はしまいにあきらめた。

「この研究所にいるのはあなたたち六人だけですか？」

「そうよ」と村井文枝が答えた。「あなたの脳活動測定はできる限り秘密にしておきたいから、事務員や警備員は今日は非番にしてある」

「あなたたちの中に殺人犯がいることになりますね」

「残念ながら、そうね。防犯カメラは切っているし、〈犯人〉役以外の研究員はロープの〈犯行〉

を見てしまうのを避けるためプロメテウス像のそばには近づかない。だから殺人を見られる恐れはない、犯行には打ってつけだ……殺人犯はそう考えたんでしょう」

そのときだった。他の研究員が口々に言い始めた。

「あのときと同じ感覚……！」

「頭がひときわ明晰になった気分だ」

「あとで測定値を調べるのが楽しみです」

「すばらしい。この力を用いれば、画期的な発明や発見も夢じゃない」

どうやら、ワトソン力が発動したようだった。

興奮の色を浮かべた研究員たちの顔を見ながら、和戸は妄想めいた思いに囚《とら》われていた。まさか、ワトソン力を確実に発動させるために、研究員の誰かが殺人に及んだのでは……？

3

まずは私から推理しましょう、と塩崎茂が言った。

「最初に明らかにしておきたいのは、田島さんがどうしてここにいるのかということです。先ほど所長がおっしゃったように、〈犯人〉役以外の研究員はロープの〈犯行〉を見てしまうのを避けるためプロメテウス像のそばには近づかない。それなのに田島さんがここにいるということは、田島さんが〈犯人〉役だったということです。

殺人犯は、田島さんが〈犯人〉役であること、〈アゴラ〉に行くだろうことを知った。かねてから田島さんを殺したいと思っていたので、今、〈アゴラ〉で実行すれば、誰にも見られることなく田島さんを殺すことができると考えた。

では、田島さんが〈犯人〉役だとどうやって知ったのでしょうか。答えは簡単です。殺人犯は、田島さんが自分の研究室から廊下に出る音を耳にしてそっとドアを開け、彼が〈犯人〉役だと気づいたんです。そしてこっそりと彼のあとを追った。

田島さんが自分の部屋から廊下に出る音に殺人犯が気づいたのは、殺人犯が田島さんの研究室の向かいに研究室を持っているからです。それは、羽鳥さん、あなただ」

塩崎茂はそう告発したが、羽鳥早苗を見ようとしなかった。羽鳥早苗も塩崎茂を見ようとしない。

「和戸さんの力を受けたにしてはつまらない推理ですね」

弁護士事務所の事務員はそっけない声で言うと、「じゃあ、今度はわたしが」と言った。

「わたしも、田島さんが〈犯人〉役だったことには同意します。すると、殺人犯は、田島さんが〈犯人〉役であることをどうやって知ったのか。〈犯人〉役を決めた人狼アプリでは、誰が〈人狼〉になったか、他の人にはわからないようになっているのに。答えは簡単で、あのアプリが、〈人狼〉カードを特定の相手に引かせることができるように作られていたからなんです。あのアプリをわたしたちのスマートフォンにインストールさせたのは所長でした。だから、所長が殺人犯ということになります。

和戸さんの脳活動を測定する計画はそもそも所長が立てたものですけど、この計画自体、田島さん殺害に都合のよい状況を作り出すためだったんです。所内の防犯カメラを切り、プロメテウス像のそばに誰も近寄らないという状況を作り出すことができたんですから」

村井文枝は羽鳥早苗を睨《にら》みつけた。

「羽鳥さん、あなたを取り立てたのはわたしなのに、そんな推理をするなんてあんまりじゃない？」

「すみません。でも、所長が殺人犯だと考えると筋が通るんです」

全然筋が通らないわ、と村井文枝は言った。

「わたしの推理は、塩崎さんや羽鳥さんの推理よりはもう少し本格的よ。わたしが着目したのは、プロメテウス像の首にかけられたロープ。〈犯人〉役の仕事は、プロメテウス像の首にロープを巻きつけることだったはず。それなのに、皆さんご覧の通り、ロープは首にかけられているだけで、巻きつけられてはいない」

和戸ははっとして彫像の首に目をやった。村井文枝の言う通りだった。

「これはどういうことかしら。考えられることはただ一つ。田島さんは、ロープを巻きつける途中で殺されたのよ。彼の意識はロープの〈犯行〉を行うことに集中し、背後はがら空きになっていた。殺人犯は彼の背後に近づくと、背中にナイフを突き立てたというわけ。

さて、肝心なのはこれから。プロメテウス像は大きいので、首にロープを巻きつけるには、像が腰かけている岩に上らなければならない。田島さんは岩に上がっているときに刺されたことになる。そして、田島さんに刺さったナイフはほぼ垂直だった。だから、殺人犯は背が高かったことになる」

村井文枝は一人の男に目をやった。

「私が殺人犯だというわけですか」

梶原新平が肩をすくめて言った。

「そう。あなたは身長百八十センチ以上ある。あなたが岩に上がった田島さんを刺したなら、ちょうどナイフが垂直に刺さるでしょう」

「私は、田島さんが〈犯人〉役になったことをどうやって知ったんです？」

「ほんの偶然よ。あなたはお手洗いに立ったとき、田島さんが〈アゴラ〉の方へ向かうのを見た。かねてから田島さんを殺したいと思っていたあなたは足音を忍ばせてあとを追い、田島さんがプロメテウス像の岩に上がったところでナイフを突き立てた」

「所長、あなたの推理は単純すぎますよ」

「どこが単純だというの？」

「プロメテウス像の首にロープが巻きつけられておらず、かけられただけの状態になっていたのは、ロープを巻きつける途中だったからというところです。それが偽装だったとしたらどうです？　背の高い人間が殺人犯だという誤った推理を導き出させるための偽装だとしたら」

「……偽装？」

「そうです。実際には、田島さんはロープを巻きつけて岩から降りたところで刺されたとしたらどうです？　殺人犯はそのあと、巻きつけられていたロープをほどいて、首にかかっているだけの状態にしたのだとしたら。田島さんが岩から降りたところで刺されたのだったら、ナイフが背中にほぼ垂直に立っていたところから考えて、殺人犯は田島さんより背の低い人物――この中で一番背の低い人物だったことになる」

梶原新平はそう言いながらも、告発する相手の顔を見ようとしなかった。告発された塩崎茂も告発者の顔を見ようとしない。

「じゃあ、私がもう一回推理しましょう」

と塩崎茂が言った。

「これまでの推理では、田島さんが〈犯人〉役だというのが前提となっていました。でも、どうしてそう言えるんでしょうか」

「プロメテウス像の首にロープがかけられていて、田島さんがそのそばで殺されていたんだから、田島さんが〈犯人〉役だとしか考えられないでしょう」と村井文枝が言う。

「そうでしょうか。田島さんが〈犯人〉役を殺そうとして、返り討ちにあったとも考えられるんじゃありませんか」

「……返り討ち？」

「田島さんはたまたま手洗いにでも立ったとき、〈犯人〉役が〈アゴラ〉に向かうのを目にした。

〈犯人〉役を憎んでいた田島さんは絶好の機会が来たと思い、〈アゴラ〉で〈犯人〉役を襲ったけれど、返り討ちにあったんです。〈犯人〉役＝殺人犯というわけです」

「すると、殺人犯は誰？」

「田島さんが憎んでいた相手ですよ。確か、田島さんは若狭さんに研究成果を先取りされて、若狭さんのことを恨んでいたんじゃありませんでしたか。だから、田島さんは若狭さんを殺そうとしたが、返り討ちに遭った、若狭さんが殺人犯だと考えられます」

塩崎茂は若狭と目を合わさないままそう言った。若狭はため息をついた。

「塩崎さんの推理は、私が〈犯人〉役だという前提に基づいている。だから、私が〈犯人〉役でないことを示せば簡単に否定できます」

優男は小男の顔を見ようともせずに言うと、胸ポケットからスマートフォンを取り出した。画面を操作してこちらに向ける。そこには、〈村人〉と記されたカードが映っていた。〈人狼〉カードを引いた人間が〈犯人〉役を務めるから、若狭は〈犯人〉役ではない、つまり田島を返り討ちにした殺人犯ではないということになる。

「……なるほど、若狭さんは殺人犯ではないようだ」塩崎茂はしぶしぶと言った。

和戸は先ほどからずっと、違和感を覚えていた。何かがおかしい。だが、何がおかしいのかわからない。いったい何がおかしいのか……？

不意に違和感の正体に思い当たった。それも一つではない。いくつもある。それらは次々と結びつき、信じられないような結論を導き出した。

和戸は自分の気がおかしくなってしまったのかと思った。だが、それ以外に考えられない。試してみようと思った。間違っていたところで、失うものは何もない。

和戸は塩崎茂に笑いかけた。塩崎が戸惑ったように瞬《まばた》きする。和戸はそちらに突進した。相手のからだが眼前に迫ったが、次の瞬間、そのからだが消え、目の前には壁だけがあった。振り向くと、茫然《ぼうぜん》と立ち尽くす小男の背中が見える。和戸は続いて梶原新平、若狭、羽鳥早苗にも同じように突進した。三人のからだも同じようにすり抜けた。ぶつかったらどうしようと一抹《いちまつ》の不安があったのだが、思った通りだった。

騒ぎ立てる研究員たちを前にして、和戸は荒い息をつきながら言った。

「ようやくわかりました。私がかぶせられたヘルメットは、本当は拡張現実用のヘッドマウントディスプレイの一種なんですね。塩崎さん、梶原さん、若狭さん、羽鳥さんの四人は、ディスプレイに映った画像なんだ。私の前に現実にいるのは、村井さんただ一人です」

4

研究員たちは長いあいだ黙っていた。やがて、

「……どうしてわかったの？」

村井文枝が不思議そうに尋ねた。

「私はさっきからずっと、違和感を覚えていました。いったい何なのだろうと考えているうちに、違和感の正体に思い至ったんです。それは、塩崎さんが田島さんの遺体に触れて調べようとしなかったことです」

村井文枝はじっと和戸を見つめている。

「塩崎さんは医師だから、こういう場合は必ず遺体に触れて調べようとするはずです。現に、コテージ村で起きた事件のときは、被害者の遺体に触れて調べていた。それなのに今回、塩崎さんはそうしなかった。考えられることはただ一つ。田島さんの遺体に触れて調べなかったのは、触れられなかったから——塩崎さんが現実にはここにいないからです」

「大胆な発想ね」

「自分の気がおかしくなってしまったのかと思いました。しかしそこで私は、自分が奇妙なヘルメットをかぶせられていること、以前、『ナイトメア・スターシップ』というＭＲゲームにヘッドマウントディスプレイをかぶって参加したことを思い出しました。あのゲームに登場したエイリアンの驚くほどの実在感は今でも憶えています。私は、自分がかぶせられているヘルメットはＭＲ用のヘッドマウントディスプレイであり、塩崎さんはディスプレイに映っているにすぎないという結論に達したんです」

「わたしもあのゲームに参加したけれど、そんなに実在感があったかしら」

「違和感の一つはわかりましたが、違和感は他にもありました。それは、塩崎さんが羽島さん殺人犯説を唱えたときのことです。塩崎さんと羽鳥さんは一度も相手の顔を見ようとしなかったんです」

「おかしいかしら」

「普通なら、自分が告発する相手、あるいは自分を告発する相手の顔を見るものではないでしょうか。一度も相手の顔を見ないのは不自然です。ここからわかるのは、羽鳥さんも私のディスプレイに映っているにすぎないということです。だから、一度も相手の顔を見なかったんです。

同様に、梶原さんが塩崎さん殺人犯説を唱えたとき、塩崎さんが若狭さん殺人犯説を唱えたときも、梶原さんと塩崎さん、塩崎さんと若狭さんは一度も相手の顔を見ようとしなかったことに気づきました。ここから、梶原さんと若狭さんも私のディスプレイに映っているにすぎないという結論に達しました」

「あなたのディスプレイに映っているにすぎないのだったら、声はどうなるの」

「塩崎さん、羽鳥さん、梶原さん、若狭さんの四人の声は、私の目の前で発せられているんじゃなく、ヘルメットの耳の部分に設けられたスピーカーから流れているんです。ヘルメットにはマイクも内蔵されていて、私の声はそれで四人に伝わっているんでしょう」

「あなたのディスプレイに映っているにすぎないのだったら、わたしには見えていないのね」

「そうです。村井さんはイヤフォンをしていますが、それで四人の声を聞いているんでしょう。また、マイクを胸元にでも隠しておき、それで声を四人に伝えているんです」

「興味深いわね」

「〈犯人〉役がロープの〈犯行〉を行うために〈アゴラ〉から私たちが出たとき、私が最初に出ていくよう促されましたが、それは、四人がそれぞれの研究室に戻る画像を私のディスプレイに表示することが技術的に難しかったからでしょう」

村井文枝は長いあいだ黙ったまま、和戸を見つめていた。和戸は気後れしそうになりながら見つめ返した。老婦人はやがて、ため息をついた。

「よくわかったわね。あなたの考えた通り。あなた、他人の推理力を向上させるだけだと思っていたけど、自分自身の推理力も大したものじゃない」

「ありがとうございます。村井さん以外の四人はどこにいるんですか」

「この研究所の中よ」

「同じ研究所の中なのに、どうして実際に姿を見せずにディスプレイに画像を映すんですか」

村井文枝は「見破られたみたいだけど、どうする?」と言った。梶原新平の画像が「見破られたからには、明かしてもいいんじゃないですか」と答える。他の三人もうなずいた。

そうね、と村井文枝は言った。

「皆さん、〈アゴラ〉に来てちょうだい」

和戸の目の前から塩崎茂、梶原新平、若狭、羽鳥早苗の姿がかき消えた。ヘルメットのディスプレイに画像を映すのをやめたのだ。画像にすぎなかったと理解してはいても、その消え方は衝撃的だった。数分して、四人の研究員が次々と〈アゴラ〉に入ってきた。ある者は気まずそうな顔をし、ある者は興味深そうに和戸を見つめてくる。

「なぜ、こんなことをしたんですか」

和戸は尋ねた。面と向かわず、画像をディスプレイに映す理由がまったくわからない。

村井文枝が言った。

「和戸さん、さっきも言ったように、わたしたちはあなたの力が発動するときの脳活動を調べたいと思ったのだけれど、もう一つ調べたいものがあった」

「何ですか」

「あなたの力の及ぶ範囲よ」

「――力の及ぶ範囲？」

村井文枝は羽鳥早苗の方を向いた。

「羽鳥さん、まずあなたから話してくれる？」

弁護士事務所の事務員――いや、それは世を忍ぶ姿だったわけだが――はうなずいて、和戸を見つめてきた。

「映画館で起きた事件で、スクリーンにいたわたしや他の観客はあなたの力の影響を受けたけれど、映写室にいた捜査員は力の影響を受けていない様子でした。あなたやわたしや他の観客がディスカッションをした映写幕のそばから映写室までは二十数メートル離れていた。そこから、あなたの力は二十数メートル先までは及ばないと推測できました」

続いて梶原新平が言う。

「一方、林太山ロープウェイでの事件で、君のいた搬器のすぐ隣に停止した私の搬器にも君の力は及んでいた。それは、私と同じ搬器にいた片瀬《かたせ》つぐみという若い女性が、さほど頭が切れそうには見えなかったのに見事な――惜しむらくは間違っていたが――推理をしたことから、そして何より私の思考がいつにも増して明晰になったことから明らかだ。私の搬器は君の搬器から四メートル程度離れていた。そこから、君の力は少なくとも四メートル先まで及ぶと推測できた」

　つぐみに対する評が彼女の耳に入らないことを和戸は祈った。もし耳に入ったら、梶原新平は激怒したつぐみに半殺しにされるかもしれない。

　村井文枝が言った。

「そこでわたしたち研究員は、あなたの力が四メートル以上二十数メートル以下のどの距離まで及ぶのかを正確に測定したいと思ったの。考えた方法は、わたしたち研究員があなたから一定の距離ごとに位置し、あなたを何らかの謎に直面させて力を発動させ、わたしたちの誰までが力の影響を受けるかを調べるというもの。具体的には、あなたから五メートルの距離に一人、十メートルの距離に一人、十五メートルの距離に一人、二十メートルの距離に一人、二十五メートルの距離に一人、わたしたち研究員が位置し、あなたの力がどこまで及ぶのかを五メートル刻みで確認することにした。

　ここで大事なのは、あなたの力の及ぶ範囲を測定しようとしているとあなた自身が認識してしまっては駄目だということ。あなたがそう認識することで、あなたの力の及ぶ範囲が変わってしまうかもしれない。だから、わたしたち研究員が一定の距離ごとに位置しているとあなたに気づかせるわけにはいかない。では、どうしたらよいだろうか。

思い出したのが、あなたと一緒に出くわした『ナイトメア・スターシップ』の事件。あのゲームのMR技術を用いて、わたしたち全員があなたのそばにいると見せかけることにしたの。

わたしたちはオーバーレイ・テクノロジー社に依頼して、研究室にいるわたしたちをカメラでリアルタイムに撮って、背景を除きわたしたちの姿だけをヘッドマウントディスプレイに投影するシステムを作ってもらうことにした。そして、あなたにそのヘッドマウントディスプレイを装着させ、わたしたち全員の姿をあなたのそばに出現させた。あなたの力がどこまで及ぶかはわからないけれど、及ばない距離にいる研究員も、あなたのそばにいると見せかける以上、あなたの力の影響を受けている演技をする必要がある。別にこれは難しいことじゃない。わたしたちはすでに一度、あなたの力の影響を受けたことがあり、そのときの推理力の変化を知っているのだから。

あなたの力が発動したとき、あなたから最大で二十五メートル離れた地点に、わたしたちの一人がいる必要がある。だから、あなたの力は、この研究所の隅の空間にいるときに発動させることにした。中央付近だったら、最大で二十五メートル離れたら、研究所の外に出てしまうから。

そして、研究所の隅の空間のうち、あなたと六人の研究員全員がいっぺんに入れるのは、この〈アゴラ〉だった。あなたから五メートルの距離に位置するのはわたしの役目になった。だから、わたしだけが現実にあなたのそばにいて、他の人たちはそれぞれあなたから十メートル、十五メートル、二十メートル、二十五メートル離れた距離に位置することにした。そうした位置は部屋の中とは限らなくて、廊下の場合もあるわ」

若狭が言った。

「あんたに提示する謎として、最初は、私たちのうちプロメテウス像の首にロープを巻いたのは誰かというものにすると伝えた。しかし一時間後、実際にあんたに提示したのは、田島さんを殺したのは誰かという謎だ。このようにしたのは、謎を強烈にして、あんたの力を間違いなく発動させるためだ。彫像の首にロープを巻いたのは誰かという謎程度じゃ、あんたの力は発動しないかもしれない。彫像の首にロープを巻いたのは誰かという謎が提示されるとあんたに思い込ませ、そのあと予想外の殺人を犯したのは誰かという強烈な謎を提示することにしたんだ」

「田島さんを本当に殺したんですか」

「そんなわけないだろう。田島さんは生きている」

「え？」

「田島さん、もう起きていいぞ」

すると、床に倒れていた死体がぴくりと動き、よろよろと立ち上がった。田島直樹は「うーん」と伸びをした。

「じっとしているのがこれほどしんどいとは思わなかったよ」

和戸は茫然として野鳥専門のカメラマンを見つめた。田島は屈伸運動をしている。

「瞳孔が散大していましたが……」

若狭が言った。

「散大した瞳孔を、MR技術で田島さんの目に重ねたんだ」

「じゃあ、血の気の引いた肌の色は……」

「それも、MR技術によるものだ。ディスプレイ越しに見るあんたの目にだけそう映っていたんだ。背中に刺したナイフはもちろん模型。あんたはヘルメットをかぶっているから、田島さんの呼吸の有無を確認することはできなかった。脈動がなかったのは、ボールを腋《わき》の下に挟んで強く締めつけて血流を止めたから。こうして生きている人間を他殺死体に見せかけた。これは、食中毒による死体を他殺死体に見せかけた大瀬会事務所での事件にヒントを得たものだ。

ちなみに、田島さんの『死体』を提示したのにはもう一つ理由がある。あんたに死んだと思われる研究員を用意したかったんだ。あんたの力が、あんたが死んだと思っている相手にも作用するかどうか調べたかった。そのために、田島さんはあんたのすぐそばでずっと死んだふりをしていたというわけだ」

田島直樹が言った。

「僕以外の五人は、あなたの力の影響を受けて推理合戦をする演技をした。この推理合戦は、五人全員があなたの力の影響を受けていると見せかけるために、あらかじめ決めておいた筋書きに従って行ったものだ。あなたの力がどこまで及ぶかわからないからね。ちなみに、鯉川鉄道の事件での集団犯人にヒントを得た。もっとも、演技と言っても、蓋を開けてみれば、五人のうちあなたから二十メートルまでの距離にいた四人はあなたの力を感じていたそうだ。あなたの力は二十メートルまでは届くということだ。それだけじゃない、死んだふりをしていた僕にもあなたの力は働いていた。あなたの力は、あなたに死んだと思われている相手にも働くということだ。本当にすごいよ」

「ありがとうございます」

塩崎茂が言った。

「推理合戦では、殺人犯は背が高い人物という仮定から梶原さんを、殺人犯は背が低い人物という仮定から私を告発する推理がなされた。これは、からだつきや身長の点から容疑者を特定する推理がなされたコテージ村の事件にヒントを得たものだ。もっとも、コテージ村の事件では、そうした推理はすべて間違いだったがね。まあ、今回も梶原さんや私を殺人犯だと指摘する推理は偽りのものだったから、お似合いだと言えるかもしれないな」

六人の研究員は、それぞれが出くわした事件をヒントにして、今回の実験を準備したというわけか。和戸は思わず感心した。

村井文枝が言った。

「あなたに見破られてしまったけれど、実験は大成功だったわ。あなたの力が及ぶ範囲を調べられたし、あなたの力が働くときのあなたの脳活動も測定できたし。得られたデータをこれから分析するつもりよ」

そのときだった。突然、外から大音声《だいおんじょう》が聞こえてきた。

5

「お前たちは完全に包囲されている！　大人しく投降しなさい！　我々は警察だ！」

六人の研究員の顔に恐慌の色が浮かんだ。

「どうして？　どうして警察が？」羽鳥早苗が叫ぶ。

「どうしますか？」塩崎茂が村井文枝を見た。

「得られたデータをすべて消去します」老婦人は他の研究員たちを見回した。「いいわね？」

「すべてですか」梶原新平がためらいを見せた。

「すべてです。和戸さんについてわたしたちが得たデータを、何の苦労もしていない他の研究者に渡すわけにはいきません」

わかりました、と梶原新平が悲壮な顔でうなずく。塩崎茂、羽鳥早苗、田島直樹、若狭もうなずいた。

村井文枝はタブレットを取り出すと、タッチパネルを操作した。心なしかためらったのちに、タッチパネルに一度触れる。おそらくそれで、研究所内の和戸に関するデータすべてが消去されたのだろう。

「あなたたちはこれからどうするんですか。大人しく投降した方がいいですよ」

和戸が研究員たちに言うと、彼らはうなずいた。

「そうするわ」と村井文枝が言った。「でも、その前にやることがある」

老婦人はピルケースを取り出すと、そこに入っていた錠剤を研究員たちに配っていった。

「何をするんですか。まさか、自殺するつもりじゃ……」

「もちろん違うわ。大人しく投降するって言ったでしょう。死ぬつもりはない。ただ、得られたデータはすべて消去しなくちゃね」

村井文枝は自分の頭を指差してみせた。

「ここにデータが残っている。だから、それを消去するために、一定期間の記憶を消す薬を飲むの。さっき、あなたにも話したでしょう、わたしたちの研究所が開発した薬のことを。この薬を飲むと意識を失い、目覚めると過去五年間の記憶が消えている」

じゃあお先に、と言って老婦人が錠剤を口に入れようとするので、和戸は慌てて言った。

「ちょっと待ってください。私のヘルメットを外していただけませんか。つけたままだと、ヘルメットを分解して調べられて、脳波を測定しようとしていたことがわかるでしょう。そうしたら、あなたたちの研究内容がぼんやりとでもわかってしまうかもしれない」

「そうね。外します」

村井文枝がタブレットに触れると、ヘルメットが和戸の顎を覆っていた部分でカチリと音がした。その部分に触れると、ぐらぐらしていたので、その部分をつかんで下に動かした。これでヘルメットを取れるようになった。村井文枝は和戸からヘルメットを受け取ると、〈アゴラ〉の隅にあるゴミ箱に入れた。

「じゃあ、今度こそお先に」

老婦人は錠剤を口に入れて飲み込んだ。数十秒してぐらりとよろめき、その場に倒れる。それを見た他の研究員たちも錠剤を口に入れようとした。

「ちょっと待った！」そう言ったのは塩崎茂だった。

「何ですか。今、忙しいのに」羽鳥早苗が外科医を睨みつける。

「記憶を消す前に、警察がどうやって和戸さんの監禁場所を突き止めたか、推理しましょう」

和戸は仰天した。この状況でそんなことを言い出すとは。ワトソン力がなおも働いているらしい。ワトソン力は推理力を飛躍的に向上させるとともに、推理を発表したいという欲求も強めるのだ。

「でも、時間がない。早く薬を飲まないと」羽鳥早苗が焦ったように言う。

「飲むのは警察が実際に突入してきてからでも遅くない。時間の許す限り推理するんです」

「よし、推理しよう」若狭が力強くうなずいた。

では、まず私から、と塩崎茂が言った。

「和戸さんを拉致するのに使ったワゴン車のガソリンタンクに穴が開き、漏れたガソリンが点々と続いていたんです。警察は和戸さんが帰宅途中に拉致された地点を突き止め、そこから点々と続くガソリンのあとを追ってここにたどり着いた」

「そんなわけないでしょう」羽鳥早苗が突っ込んだ。「ガソリンが漏れていたら、拉致地点から研究所に着く頃にはガソリンがなくなっていたはず。車は停まっていたでしょう」

「……確かに。じゃあ、あなたの考えは？」

「和戸さんを拉致したワゴン車が銀杏《ぎんなん》を踏みつぶして、その臭いが車についた。それを警察犬に追わせたというのはどうですか」

「走ったルートにイチョウの木はなかったですよ」

じゃあ、こういうのはどうだ、と若狭が口を開く。

「ニュースで聞いたが、〈ケイオス〉のメンバーの一人が、ワゴン車を盗んで逃走中だそうだな。そのワゴン車は、私たちが使ったのと同じ車種だったんだ。しかも、偽造したナンバープレートを付けていたんだが、それがたまたま私たちのワゴン車と同じだった。警察はNシステムで〈ケイオス〉のワゴン車を捜したが、引っかかったのは私たちのワゴン車だった。そしてNシステムで行き先を追ってここにたどり着いたんだ」

「そこまで行くと推理じゃなくて想像です」と塩崎茂が言う。

「わかった、この中に警察への内通者がいるんだ！」梶原新平が叫んだ。

「内通者？」

「そうだ。誰かが警察にこっそりと告げたに違いない」

「誰ですか」

「所長だ。真っ先に薬を飲んだのは芝居だ。狸寝入りしているに違いない」

そのとき、廊下を駆けてくる音がした。

「警察が来た。もう飲まないと」

研究員たちは次々と錠剤を口に放り込み、床に倒れた。

次の瞬間、SAT隊員たちが〈アゴラ〉に駆け込んできた。紺色のアサルトスーツの上に防弾ベストを着け、バイザー付きのヘルメットをかぶり、銃を手にしている。

隊員たちが和戸を見て銃を突きつけてきたので、和戸は急いで手を上げた。

「私は犯人じゃありません」

一番小柄な隊員がバイザーを上げた。片瀬つぐみの驚いた顔が現れる。

「……どうしてあんたがここにいるんだ」

和戸は混乱した。自分を助けに来てくれたのではなかったのか。

「監禁されていたんです」

隊員たちは床に倒れている研究員たちを目にして仰天したようだった。畏怖の念に打たれたように和戸を見る。

「あんたが倒したのか」

「まさか。この人たちが勝手に倒れたんです」和戸は慌てて手を振った。「ところで、どうしてここに来たんですか?」

「たまたまさ。〈ケイオス〉のメンバーがワゴン車で逃走中なんだ。目撃者の一人が、そのワゴン車のナンバープレートを憶えていた。で、Nシステムが同じ車種で同じナンバープレートの車の画像を捉えた。その車の行き先を追ったらここにたどり着いたんだ」

つぐみは周囲を見回した。

「ここはどう見ても〈ケイオス〉のアジトじゃないな。何かの研究所じゃないか。どうなってるんだ」

そのとき、つぐみがえっと声を上げた。ヘルメットの耳元に何か連絡が入ったらしい。

「〈ケイオス〉のメンバーが捕まった？　ナンバープレートは偽造だった？　じゃあ、ここにたどり着いたのは、まったくの偶然だったのか」

何ということだ。「そこまで行くと推理じゃなくて想像です」と突っ込まれていた若狭の説が正解だったのだ。和戸は、床に倒れている研究員たち、その中にいる優男の研究員に目を向けた。ほとんど神がかり的な推理力ではないか。といっても、彼は自分がどんな推理をしたか、もう憶えていないだろうけれど。

初出
第一話　屍人たちへの挽歌　「ジャーロ」75号（二〇二一年三月）
第二話　ニッポンカチコミの謎　「ジャーロ」77号（二〇二一年七月）
第三話　リタイア鈍行西へ　「ジャーロ」79号（二〇二一年十一月）
第四話　二の奇劇　「Jミステリー2022　FALL」（二〇二二年十月刊、光文社文庫）
第五話　電影パズル　「ジャーロ」82号（二〇二二年五月）
第六話　服のない男　「ジャーロ」85号（二〇二二年十一月）
第七話　五人の推理する研究員　書下ろし

大山誠一郎（おおやま・せいいちろう）

1971年埼玉県生まれ。京都大学推理小説研究会出身。2004年、『アルファベット・パズラーズ』でデビュー。'13年『密室蒐集家』で第13回本格ミステリ大賞を受賞。'18年、『アリバイ崩し承ります』が『2019本格ミステリ・ベスト10』国内ランキング第1位に、'20年には連続ドラマ化され大きな反響を呼ぶ。'22年、同シリーズの「時計屋探偵と二律背反のアリバイ」で第75回日本推理作家協会賞短編部門を受賞。著書に『ワトソン力』『赤い博物館』『時計屋探偵の冒険 アリバイ崩し承ります2』『仮面幻双曲』など。訳書にエドマンド・クリスピン『永久の別れのために』、ニコラス・ブレイク『死の殻』がある。

にわか名探偵《めいたんてい》　ワトソン力《りょく》

2024年5月30日　初版1刷発行

著　者　大山誠一郎《おおやませいいちろう》

発行者　三宅貴久

発行所　株式会社 光文社

〒112-8011　東京都文京区音羽1-16-6

電話　編　集　部　03-5395-8254

書籍販売部　03-5395-8116

制　作　部　03-5395-8125

URL　光　文　社　https://www.kobunsha.com/

組　版　萩原印刷

印刷所　萩原印刷

製本所　ナショナル製本

落丁・乱丁本は制作部へご連絡くだされば、お取り替えいたします。

ISBN978-4-334-10329-3